LE PAYS QU'HABITAIT ALBERT EINSTEIN

爱因斯坦的国度

Étienne Klein

〔法〕艾蒂安·克莱因 著

任茹茹 译

人民文学出版社
PEOPLE'S LITERATURE PUBLISHING HOUSE

著作权合同登记号 图字 01-2022-4305

图书在版编目 (CIP) 数据

爱因斯坦的国度 / (法) 艾蒂安·克莱因著 ; 任茹茹译. -- 北京 : 人民文学出版社, 2023
ISBN 978-7-02-017622-9

Ⅰ. ①爱… Ⅱ. ①艾… ②任… Ⅲ. ①传记文学—法国—现代 Ⅳ. ① I565.55

中国版本图书馆 CIP 数据核字 (2022) 第 224286 号

责任编辑 朱卫净 郁梦非
装帧设计 钱 珺

出版发行 人民文学出版社
社 址 北京市朝内大街166号
邮政编码 100705

印 刷 杭州钱江彩色印务有限公司
经 销 全国新华书店等

字 数 123千字
开 本 850毫米×1168毫米 1/32
印 张 6.25
版 次 2023年2月北京第1版
印 次 2023年2月第1次印刷

书 号 978-7-02-017622-9
定 价 50.00元

Konenkow
A. Einstein 1939.

没有国的人是幸福的。
他还可以在梦中见到它。

汉娜·阿伦特[1]

1　汉娜·阿伦特，《诗歌集：没有国的人是幸福的》(Hannah Arendt，*Heureux celui qui n'a pas de patrie*，*Poèmes de pensée*，Payot，Paris，2015)，第 102 页。——原注。本书注释均为原注。

目录

1

呼唤着的房间

沿着宇宙的坐标轴，
灵动的时空幻化成了一片旖旎的风光。

加斯东·巴什拉

逝去的生命也会超越自身，成为其他生命的天空。

年少起，他已经是我生命中的一道风景。曾经，我在卧室挂过两幅他的肖像：一幅年轻、优雅，目光如炬，贪吃的嘴巴上蓄着精致的胡子；另一幅苍老、焦虑，不修边幅，长发，眼中尽是难掩的忧伤。我一直不明白一个人为何会有这样的变化。两幅肖像旁，赛车手雅高莫（Giacomo Agostini）和拜瑞（Barry Sheen）正以几乎不可能的角度从墙上侧翻、俯冲下来。

遇见他的那一年，我只有十岁。这遇见让懵懂的我蓦然闯入了物理的世界，也让我开始不断感受他对自己生命边界的重塑。他去世那年是一九五五年，这一年距我出生还有三年。但我总能感受到他的存在，似乎他就在离我或远或近的地方。对于一些人，他们身后的时光也是灵动的、予人滋养的时光。

我当时只是含糊地了解到他曾几次打乱物理世界的秩序，掀起颠覆传统认知的风暴。他还曾用无比简洁的方程式——$E=mc^2$——推开了光学、粒子学和宇宙世界的大门。

我的脑海中一直浮现着这样一幅画面。爱因斯坦的次子爱德华曾经问父亲，你为什么成为了名人。他这样回应道："你看，当闭着眼睛的甲壳虫沿着弯曲的树枝爬行时，它是不会意识到自己爬的这条路是弯的。我恰好运气不错，看到了甲壳虫没看到的东西。"我并没有完全理解这句话背后的深意，但每当想起时空弯曲，想起光经过星球发生的波折，这句话就显得愈发耐人寻味。光不是沿直线传播的？时间本身也会弯曲？为什么会如此?！受限于当时的认知水平和理解能力，我不能给出一个合理的解释，但想象的骏马已驰骋在宇宙间。

据说，这个人从不穿袜子。或者只穿一只袜子。因为被袜子压制的大脚趾指甲总会戳穿袜子。即便是在艳阳天，他也绝对不会戴帽子，声称没有一顶帽子能让他的头发干得更快。轻松地从不必要的消耗中解脱出来，这种看似疯狂的品质是如此珍贵，发人深省。

爱因斯坦曾说："我睡得不长，但我睡得很快。"等到了成年心烦意乱之时，我也想试着效仿他，却从未成功过。

他的时空线路和凡人大相径庭。没有人可以和他比肩前行，人们只能亦步亦趋地追随他的足迹。时空世界的第四维度——时间，不同于另外三种维度：四维世界中的人无法像在三维世界中那般任意穿行。逝去的便永远逝去了，这一刻一旦成为过去，便再也无法被触及。

该如何和一个从未出现在你生命中，却又一直陪伴着你的人相处？和一个脚步时时震撼着这世界，身影又时时浮现在你面前的导师相处？当决定用笔写下他的时候，我已清楚地知道任何对他的批判都是无谓的：阿尔伯特·爱因斯坦是一位里程碑式的伟人，一座令人难以企及的高峰，一个在时空中停驻的、只属于他的神话。然而这样一位纯粹的知识分子也是一位颇受欢迎的大众英雄，生前身后记录他的书籍已多达两千多部，更不用提几百万浩如烟海的文章和上百部纪录片。相机无数次在这张面孔前聚焦，而他的脸也已像月球表面一样家喻户晓。人们不辞辛苦，孜孜不倦地为他立像，剖析他[1]，试图给他分门别类。二〇〇〇年，在《时代周刊》世纪人物的评选中，爱因斯坦从千万候选人中脱颖而出，当选为二十世纪最有影响力的人。

我犹豫着。对爱因斯坦的研究已是一门成熟的科学，一个从没有涉足这个领域的人又能说些什么？

然而想要回答这些问题，无论如何都必须开始行动。我决定骑车上路。

1　爱因斯坦生前坚决反对遗体解剖，但去世后，他的大脑却被截取切分成240块，分发至相关机构以供研究。这些研究者们似乎期待通过这种细致的研究，来证实爱因斯坦的天才源于一种特殊的神经形态机制。

是的，骑车。有一天，我在翻阅文章时，偶然间看到了一九三三年爱因斯坦在美国加利福尼亚州圣巴巴拉拍的那张著名相片。在好友本·梅耶（Ben Meyer）家门口，五十四岁的爱因斯坦骑着单车，微笑着。这相片着实让人眩晕，一边是平缓移动的自行车，一边是强大的知识的力量：成熟严谨却又不失孩童般的清新。他，似乎在召唤着我。相片下便是爱因斯坦那句为人所熟知的名言：人生就像骑单车，只有在动态中才能保持平衡。在我看来，这句物理存在学格言似乎是一场关于旅行的邀约。二〇一五年，我偶然读到他在骑行结束后写下的一首诗，而我，也因此愈加无法拒绝这场邀约：

我从未见过比这更美的
天上的太阳，人间的和平
所有的心灵都沉醉着
而我，无所顾忌地
踩着幸福的单车！[1]

1　1933 年 2 月 18 日，爱因斯坦在美国加利福尼亚州写下了这首诗。引自山本谦二的《爱因斯坦，杰出的一生》（Kenji Sugimoto，*Einstein*，*biographie illustrée*，Belin，Paris，1990），第 128 页。

2
雨中骑行

不喜欢骑行的人，即便不开口，
也会让人觉得索然无味。

米歇尔·奥迪亚尔（Michel Audiard）

二〇一五年春天。我揣上记事本，备好头盔，迫不及待地买好去往巴塞尔的火车票。赫尔维蒂的大门巴塞尔将成为这次骑行的起点。这次旅行，我计划从少年爱因斯坦居住过的地方开始，从他十六岁到三十岁生活过的地方开始，从瑞士开始，去看看阿劳（Aarau），去看看梅特门斯特滕（Mettemenstetten），也去看看苏黎世（Zurich）和伯尔尼（Berne），去拜访这些孕育爱因斯坦思想的地方，去感受一九〇五年那场震惊物理史的思想变革。当然，我也会拜访布拉格、布鲁塞尔、安特卫普、德汉（le Coq-sur-Mer）。他曾经在欧洲这片土地上做出了最有意义的思考和创新，然而在一九三三年，他又不得不离开这里。

是朝圣吗？我并不是朝圣者。这次旅行，它更像是一次可移动的尝试，一次通过地理位移走进历史的动态尝试。我甚至期待因为物理的滞后效应，爱因斯坦曾经驻足的地方依然存留着可被人感知到的、延迟的光晕，期待着这些地方可以像一本多层现实隐迹本，在空间上交错、在时间上彼此分离的记事本。

三小时的高铁过后，我抵达了目的地。更确切地说，我抵达了目的地火车站。或者也可以认为，巴塞尔这座城市停在了我的火车上。依照相对性原理，这两种说法是完全等同的。第一晚，我住进莱茵河边上的一家小旅馆里。第二天一大早，我便租到了一辆结实的红色自行车，还配有两个黑色的、可以绑在行李架上的大行李袋。以人类的速度在现实的空间里穿行，赋予逝去的爱因斯坦时代一种存在的力量，这便是这次骑行的出发点。目的地苏黎世，途经阿劳。苏黎世自不用说。那里是苏黎世联邦工业大学的所在地，爱因斯坦便是在那里完成了他的工程师学业。阿劳，据爱因斯坦的说法，他在那里度过了自己愉快的十七岁，也是在那里，他开始思考把他引向相对论革命的问题，一个奇怪的问题，一个和当时物理学家的观点背道而驰的问题：如果置身于一种想象的情境，人又会以何种方式感知世界。如今我们不禁要问，这个问题是经过何种途径，通过怎样荒谬的方式进入这个年轻脑袋的。他问自己：“如果我骑着一束光前行，那么世界对于我来说会是什么样的？”他对自己说："在这种情况下，构成光的电磁波对于我来说便是静止的。"然而这是一种不可能发生的现象。因为光只存在运动中：没有人见过静止的光。这个悖论一直困扰着他，也指引着爱因斯坦的思考：九年之后的一九〇五年，在伯尔尼，这个悖论有了确凿的全新的物理理论支持：狭义相对论。

从汝拉山脚下的阿尔高州（Argovie）开始，我开启了这场长途旅行。阿劳，这座见证了二十世纪最伟大观念变革的小城，将成为我此行的第一站。

在瑞士，连接城市和村庄的自行车道是很少和汽车道建在一起的。一般来说，自行车道都会远离私家车和卡车，围着田野或是森林自成一环。风景秀丽、干净整洁，这两个词便是这些自行车道的真实写照。我决定沿着小路，从巴塞尔骑行至阿劳。当决定绕远路骑行时，我的耳边响起了热拉尔·德·奈瓦尔（Gérard de Nerval）的话。这些话似乎预言了时空交错下的狭义相对论：

> 这让我想起了从埃尔芒翁维尔（Ermenonville）到巴黎的一条路，一条距离最短，用时却最长的路。它在去往贡比涅的路上绕了一个大弯。[1]

---

1 热拉尔·德·奈瓦尔，《火的女儿》的第四封信，《昂热丽克》(*Les Filles du feu*，Gallimard，"Folio classqiue"，Paris)，第 66 页。

弯路常常会有直路所没有的风景。当然，除非途中下了暴雨。时间的相对性并不影响恶劣天气的绝对性。即便是本该春光明媚的五月一日。

在劳动节连绵不绝的大雨中，我在层峦叠嶂中骑行了六十公里。面对这样的起伏，大概欧几里得也会质疑自己的定理。滚石乐队的歌曲《给我庇护》(*Gimme Shelter*)很好地诠释了我的心情。但对于一个喜欢高山远峰的人来说，这并不恼人：我喜欢清新的微微躁动的空气。况且，两个行李袋都裹着防水的塑料膜，而我自己也觉得神清气爽。糟糕的天气并没有搅乱赫尔维蒂乡村的宁静：远处的小树林和结实的房屋静立着，起伏的小山丘远远传来钟声。下着雨的路面似乎成了宁静村庄的镜子，而我则像是骑行在一张被淋湿的邮票中。

雨在人们心中的地位也是相对的。这和人所处的环境、自身的装备，当然还和雨的时长有关。一九一一年，马克·夏加尔（Marc Chagall）完成了巨作《雨》。此后，每当天空飘起不大不小的雨，我总会想起这样一幅令人心绪不宁的画面：乌云密布预示着滂沱大雨；一棵果树在画中央弯着躯干。弯曲是因为大风吗？也许是。但树叶却是静止的。在画布的右边，一个男人从木屋里走出来，静静撑开一把伞，对他来说，这场雨似乎是一种愉快的享受。

骑行时也会有同样的体验。至少在开始时，蹬脚踏板的欢乐可以远远超过大雨带来的不悦。但长时间的雨中骑行也会让人不适。尤其在快速骑行时，雨水带来的刺痛会让你看不清泥泞湿滑的山间小路，刹车也会失灵，你甚至有可能摔个人仰马翻。所以当路的尽头出现一家赫尔维蒂德式小酒馆时，我知道自己一定会选择进去坐坐。甚至，我觉得这是一家天堂连锁店。

我心事重重地走进小酒馆，担心浑身湿透的自己会受到店家的怠慢，但店家的热汤却已经端到了我面前。这碗违背因果原则的热汤（按照因果原则，应该先点菜，后上菜），再加上老板娘的几句玩笑话，让我意识到自己的担心根本是多余的。酒足饭饱之后，我再次上路了。用酒馆里另一位骑行者的话来说，我们又可以活蹦乱跳了。我甚至觉得自己体力倍增，不自觉地又蹬快了起来。但好景不长，身体很快又感到了负担：在地上飞溅的白色雨花里，身体颤抖着，哆嗦着。可面对不为所动的主人，身体也只能毫无怨言地服从指示，继续着自己的差事，直到碰到下一家小酒馆……走走停停，停停走走，我终于在下午时分抵达了自己的第一站：阿劳！

也就是说，我在六神无主、筋疲力尽的情况下开始追随阿尔伯特·爱因斯坦的足迹。我的面前是一条沿着阿勒河（Aar）的柏油马路，路的两旁是栽种着白桦林的青草地。路尽头的城门上写着“阿劳”。我知道，我没有迷路。

一进城，十六世纪小城的独特景致马上吸引了我：彩色的壁画在宽大的屋檐里熠熠生辉，敞篷顶上镶嵌着圣经主题的花纹。我深深地陶醉在小城的柔情和景致里，根本没有意识到城里正下着滂沱大雨。

到了步行区域，我立马奔向这座历史名城的中心，开始探索烙印着中世纪痕迹的广场和石板路。富丽堂皇的房子一座连着一座，在街的拐角，突然出现一座高耸入云的钟楼。这便是重建的小城教堂。

有这样一些城市，它们无论大小，都会让人不自觉地流连忘返，带给人家一般的温馨和感悟。阿劳便是这样的城市。

对于爱因斯坦，阿劳是上天赠予他灵魂的栖息地。小城就像一味解药，治愈了被慕尼黑教育折磨的爱因斯坦。德国严苛的教育，连身为德国人的爱因斯坦也难以承受。

3
自由属于我们

夕阳里，似乎只剩下穿梭的流年和空灵的时光。

帕特里克·莫迪亚诺

占卜学是一门站不住脚的科学。有时，它会预言和未来截然相反的事情。

“你，你这个人永远成不了任何事。”一八九五年的一个美丽的早晨，卢伊特波尔德高级中学的希腊语老师，这位平庸的预言师对学生爱因斯坦怒斥道，“在我看来，只要有你在，就是对课堂的不尊重。”[1]

在慕尼黑，爱因斯坦觉得老师们——或者说长官们——对自己充满了敌意。他曾经这样解释这种感觉：“我的记忆力不

---

1 这个故事节选自1940年爱因斯坦的一封信，收录于巴纳希·霍夫曼的《爱因斯坦，创造者和反抗者》(Banesh Hoffmann, *Albert Einstein*, *créateur et rebelle*, Seuil, Paris, 1975)，第33页。

好，一成不变、单调的教学模式给我造成了很大的学习障碍。我甚至觉得克服这些障碍毫无意义。所以我宁愿接受惩罚，也不愿意去死记硬背。”[1]

在同学们的眼中，爱因斯坦是一个古怪的人：身体健康却从不和大家一起踢球，也不愿意跑步。同学们惊奇地发现这个独来独往的人总在读一些超过自己年龄的科普书籍，比如艾伦·伯恩斯坦（Aaron David Bernstein）的《自然科学大众读本》（*Le livre populaire des sciences naturelles*），路德维希·毕希纳（Ludwig Büchner）的《力与物质》（*Force et matière*），亚历山大·冯·洪堡（Alexandre von Humboldt）的《宇宙》（*Cosmos*），甚至还有特奥多尔·施皮克尔（Theodor Spieker）的《平面几何原理》（*Traité de géométrie plane*）——这些书都来自马克斯·塔里美（Max Talmey）。马克斯·塔里美是一个身无分文的医学生，曾有好几年经常来爱因斯坦家吃午饭。爱因斯坦的同学们也无法理解，爱因斯坦为什么对于服兵役这件事缺乏热情。对于暴力，他似乎有一种与生俱来的抵触。爱因斯坦不喜欢频繁出现在各大城市主干道上的浩浩荡荡的军队，也不喜欢钉鞋发出的振聋发聩的响声。他甚至非常厌恶街上穿着军装的政府工作人员和司机。在这种环境下，爱因斯坦几个月来一直沉浸在自己的世界里，精神接近崩溃。因为经济问题（他的父

1 同前，第 35 页。

亲在慕尼黑市政照明工程竞标中落选了），爱因斯坦一家不得不迁往意大利。少年爱因斯坦拜访家庭医生，并以健康原因得到医生的许可证明，允许自己在家人的照顾下修养半年以上。爱因斯坦还请求数学老师为自己开具证明，证明自己的数学知识储备已达到大学水平。爱因斯坦就这样在学期中离开了学校[1]。他知道自己永远不会适应建立在恐惧之上的教育，也不会适应严苛的学科教育。他想要的是灯塔般的精神启迪，而不是温吞吞的思想渗透。

一八九四年十二月二十九日，爱因斯坦搭上了去往米兰的火车。父亲赫尔曼·爱因斯坦是一位自学成才的工程师，同时也是席勒和海涅作品的爱好者。几个月前，赫尔曼·爱因斯坦同自己的兄弟雅各布一起，在米兰管理一家小型电化工厂，由赫尔曼妻子在热那亚的娘家人出资建立，名为爱因斯坦-加龙国家电汽技术车间。让父母感到震惊的是，少年爱因斯坦以坚定的口吻向大家宣布，自己再也不会返回慕尼黑。这也意味着，他将失去一切注册德国大学的机会。不过爱因斯坦也用实际行动让家人放了心。他承诺会努力备战苏黎世理工学院的入学考试。苏黎世理工学院是一所知名的工程师院校，这所院校也为外国学生留有很多席位。爱因斯坦决定全力以赴备战几个月后的考试。

1　一些学校懂得“不计前嫌”：卢伊特波尔德高级中学在第二次世界大战中被摧毁，重建后改名为阿尔伯特·爱因斯坦高级中学。

爱因斯坦的妹妹玛雅（Maya）[1] 比他小两岁。她在回忆起这段时光的时候说：他的用功方式很特别。在一片争论声中，他可以旁若无人地坐在沙发一角，手里拿着纸笔，扶手上摆着墨水瓶，专心致志地沉醉在自己的世界里。仿佛周围的争论非但没有妨碍到他，反倒给他提供了更多灵感。他一生都保有这样的天分：在一个地方，仿佛又不在那个地方，不管身处何地，他似乎不需要特别的努力，便可以和周围的世界隔绝，进入另一个冥想的世界。他甚至可以想象自己处在任何不在此处的别处。几年之后，一九一五年的一天，爱因斯坦在进浴室一个小时之后还没有出来，继女玛戈（Margot）担心地在浴室门口大叫他的名字。只听见浴室里传来这样的声音："我还以为自己在办公室。"原来这段时间他一直在浴缸里工作。半个世纪之后的一九六七年，他的长子汉斯·阿尔伯特（Hans-Albert）在接受英国广播电台的采访时，提到自己母亲的一段话："婴儿的哭喊声都没办法打扰到你的爸爸。仿佛噪声让这个人失聪了似的，他依然可以工作。"

可以在最刺耳的噪声中解放自身，不受干扰地置身事外，思路依然清晰，显然这是获得思想自由的前提条件之一。这种能力可以让人独自前行，而这种能力便是外人所认为的"独特"。也许这也是开辟道路者必须要付出的代价。然而对于爱

1　当爱因斯坦的父母向他宣布，他将有一个陪他玩耍的弟弟或妹妹时，他理解错了，他想象他的父母会给他一只带轮子的玩具木马。于是，当他第一次看见襁褓中的小妹妹玛雅时，他叫喊着表达了自己的失望："轮子在哪儿呢？"

因斯坦而言，这种能力似乎不需要付出任何代价。

有一些人便是如此：对于他们而言，纷扰和专注既不会彼此相关，也不会相互对立[1]。

像尼采、里尔克等很多人一样，在迷人的意大利面前，爱因斯坦也倾倒了。爱因斯坦的父母住在特里乌西奥王子宅邸的一间公寓里。在这里，克拉拉·玛菲伯爵夫人（Clara Maffei）曾举办过沙龙，统一意大利的领袖们也曾在这里集会。意大利人对于生活的态度，随性自然又不失精巧，这种性格深深地打动了他。很快，爱因斯坦便在这里遇到了很多朋友。接下来的几个月，他穿梭在博物馆、教堂和美术馆之间，聆听着街角传来的音乐和歌声。让司汤达流连忘返的地方也成了爱因斯坦心灵的故乡……或步行，或骑行，他游走在亚平宁大区和翁布里亚大区之间。他的妹妹曾写道："意大利人的生活方式，他们的风景、艺术，所有这些都吸引着他，并成为他日后怀念的故乡。"[2]在他的内心，有一个角落被照亮了。

爱因斯坦变得越来越外向。在这里，他每天都可以同自己的叔叔雅各布聊天。毕业于斯图加特理工学院的雅各布是爱因

1　在这一点上，蒙田也讲过一个著名的案例。"不久前，我遇到一个非常著名的法国哲人。这个人生来便不平凡。当时，他的仆人们正在肆意谈笑，而他却在一旁静静地研习。他对我说——塞涅卡（Sénèque）曾经也这样说过——他觉得自己可以从喧闹中获益。似乎外人眼中的嘈杂会让他更加集中注意力，更加深入地探索自己的内心。（蒙田，《论经验》，《随笔集》["De l'expérience", in *Les Essais*，Gallimard，Paris]），第三册，第十三章，第 1305 页。

2　玛雅·爱因斯坦，《少年爱因斯坦（1879—1901）》（Maya Einstein，*La Jeuness d'Einstein 1879—1901*，Seuil/CNRS，"Sources du savoir"，Paris，1989），第 14 页。

斯坦的数学启蒙老师。如今，身为著名工程师的他，则会每天给爱因斯坦出几道数学题。找到答案的少年爱因斯坦，就像成功射门的足球运动员一样兴高采烈。在这里，他也可以经常翻阅叔叔订阅的电子技术类的杂志。当时，电灯逐渐在欧洲城市普及，在意大利尤甚。而构成光的电磁波也深深地吸引着爱因斯坦。一八七八年，苏格兰科学家麦克斯韦预测了电磁波的存在，十年后的一八八八年，德国物理学家赫兹用实验证实了电磁波的存在。电磁波谜一般的特性让年轻爱因斯坦不禁思索诸如此类的问题：外部的磁场会不会影响电磁波在空间中的传播速度?

少年爱因斯坦也许已经开始用心思索，思索那个让他穷极一生来思考的问题。

一八九五年六月，在到达米兰的几个月后，爱因斯坦给住在斯图加特的工程师舅舅塞萨尔（Cézar Koch）寄了一篇长达五页的论文——《关于在磁场中的以太的研究现状》，在这篇用哥特体德文写在小学生本子上的论文里，十五岁的爱因斯坦罗列了自己一生想要从事的研究主题。这些主题几乎全部和光在空间中的传播相关。一年之后，爱因斯坦在阿劳对其中的一个问题进行了修正。他天马行空地设想：如果光可以发射光，那么将会发生什么？这个问题随即引发了别的问题：被发射出来的光波又会以怎样的速度传播？它的传播速度会不会比原始的光波速度更快？也就是说，光速也有快慢之分吗？如果被发射的光波又发射了新的光波，又会发生什么？如此这般层层递进，会不会无穷无尽？这些让人难以置信的、理性客观的问题，竟然全部来自一个少年的脑袋。在爱因斯坦这里，所谓物理学家关于光的假设和描写，全然不会阻碍自己对光的质疑。甚至，这些假设和描写还会激发他对光的拷问。

十年之后，爱因斯坦终于可以回答自己儿时提出的、幽灵般如影随形的问题。真正的才华，不仅需要持之以恒的努力，也需要灵光一现般的顿悟，但只有经过漫长的徘徊、周旋，甚至无谓的偏执，才会茅塞顿开。突然间，一切都不一样了。

爱因斯坦喜爱思考胜过一切。他喜欢思考带来的满足与快乐。他是那种可以发现和欣赏问题之美的人：创立一种概念，打磨一种风格，深挖一种思想，把身处的世界置于想象之中。当然所有的一切都始于行动。对他而言，思考是一场盛宴，它不是一盏温吞吞的小油灯，而是剧烈的，甚至会引发思想暴动的运动。

到底什么是思考（réflexion）呢？让我们从语言的角度来考虑这个问题。首先“思考”的前缀是 re，接着是 flexion。从表面的意思来看，这恰好是从某处射出的光线落到某个平面上再反射回来的过程。所有的思考运动都免不了这两个步骤：人们需要在某个事物上进行思考，也需要让我们的想法再反弹回来。这样一个动态的过程可以产生新的，和原始观点截然不同的观点。爱因斯坦正是从这些和原观点对立的观点出发，开始自己的科学思考的。思考的过程永远没有尽头，因为世界上没有一种思想可以终止思考，或者说可以阻止思考的可能性。

但没有人可以永远悬浮着，活在只有思考的快乐世界中。无论你身处何地，总能嗅到不远处真实世界的气息。当时，凡超过十七岁并居住在国外的德国公民，如不能回国服兵役，将以逃兵论处。一年之后，爱因斯坦要不要回国？要不要走军步？打靶？在泥土里爬行？在辱骂声中服从指示？而这一切，对于逃离了日耳曼严苛教育的爱因斯坦来说……

在日内瓦地区骑行时，爱因斯坦决定放弃德国国籍。途中，未成年的爱因斯坦要求父亲为他办理相关手续。

一八九五年十月八日，爱因斯坦来到苏黎世理工学院参加入学考试。这时的他，平静得像一头等待死亡的豹子。他只有十六岁，比入学的平均年龄小两岁。他没有通过这次考试，在不喜欢的学科上，他的分数太低：历史、外语、植物学，以及要求死记硬背的动物学。但同时，他在数学和物理上面的天分引起了考官们的注意，他们邀请小爱因斯坦明年继续报考苏黎世理工学院，同时也要求他在别的学科上继续努力。在学院主任阿勒宾（Albin Herzog）和普通物理学教授海瑞克（Heinrich Weber）的建议下，爱因斯坦前往阿劳参加大学预科班的学习，并在那里通过了类似于法国高考的考试。

慕尼黑、米兰、阿劳，这三座城市都以自己的方式影响了爱因斯坦的人生轨迹。在世界地图上，这三个城市形成了一个近似于三角形的图形，一个近似于等边三角形的几何图形，每一条边长都约等于三百千米。

4

阿劳，幸福之城

啊！青春……青春！
把酒拿来。

约瑟夫·康拉德（Joseph Conrad）

阿劳中学是一所公立学校。这所坐落在车站大街（Bahnhofstrasse）91号，靠近火车站[1]的中学始建于十九世纪初。走进这所学校，首先映入眼帘的是醒目的主楼，层层叠叠的人字型屋顶以及屋檐下的巨幅壁画。主楼的正面用石块砌成，上面还刻着瓷制的装饰物。主楼尖尖的屋顶上雕着一只振翅欲飞的雄鹰。

我湿着头发，腋下夹着头盔，就像是闯入了一家磨坊。这时的法国刚刚启动了加强级反恐方案。而我仿佛被一种无以名状的紧迫感驱使着，直接上了二楼，接着大步走过了一排排紧

1　爱因斯坦对于火车、时刻、时间的兴趣，会不会和他故乡的住址“乌尔姆市车站大街20号”有关？而阿劳中学所在的那条街也被称作车站大街。

挨着的教室。第一次，我看到了爱因斯坦曾经努力读书的地方。我似乎听到了他的脚步声。错觉，毫无疑问的错觉。然而我却真实地感受到了某种存在，某种分散的、微弱的却振动着当下的波动。不同的时间层会不会在同一空间交错？它们会不会在一种不同于我们呼吸着的以太里，隐隐地、轻轻地相互纠缠着？会不会是那种莫迪亚诺式的以太？

这所学校采用的教学方法是基于瑞士教学法的自由教学法。约翰·海因里希·裴斯泰洛齐（Johann Pestalozzi）在《格特鲁德如何教育自己的孩子》一书中提出了自己的教育理念：只有在快乐中才能学到东西，并且学习不能急于求成。如果盲目求快，思路便会模糊，失去连续性而变得不够清晰。也就是说，学习首要的是激发学生的兴趣，以一种平和的、不需要剧烈肢体冲突的方式让学生通过批判、质疑，同老师一起讨论所学到的知识。换言之，就是鼓励学生独立思考。哪怕会犯错也没有关系。这不是道德错误，而是学习本身必须的养料：找出错误，纠正错误，而知识也从最开始的一知半解变成了融会贯通。

在阿劳，数学也以独特的方式进入了教学。学生们首先要做的是观察具体的事物，然后运用想象力拟写适用的抽象概念。著名数学家亚历山大·格罗滕迪克（Alexandre Grothendieck）在半个世纪之后，也提出了类似的教学方法：

格罗滕迪克引入了一种新的思考方式。这种思考方式不仅对于数学家来说至关重要，对于整个人类的思考方式都有重大意义。这种思考方式倡导从具体的、简单的事物开始思考。对于他来说，最重要的东西总是和我们能看得到的事物有关。格罗滕迪克的独到之处，在某种程度上和他能够抓住别人所忽视的却又显而易见的细节有关。接着，他又把这些显而易见的事物程式化，变成了某种不寻常的东西[1]。

爱因斯坦和格罗滕迪克在这一点上是那么相似。他们都会以一种年轻的视角来审视复杂的问题，并绝不浅尝辄止。他们会观察，全身心地投入到所观察的事物中，会为每一个细小的发现而欢欣。那些来自第一世界的感触、感受和经历，在这里可以上升为概念。这种概念又可以回到现实，并再次上升至概念。也就是说，可见的事物、观点、观念，所有这一切都相互关联，相互影响，并形成了一种具有内部力量的体系，这种体系可以从内部激活相互间的映射。他们之间另一个共同点是，在任何情况下，都需要有不容侵害的自由。公职、头衔、法则甚至一个简单的标签，这些东西都可能成为囚禁他们的牢笼。

裴斯泰洛齐对我们这个淘气又倔强的男孩子格外关照。最后他允许爱因斯坦用自己的方式，以自己的思考模式来处理问题。我在教师办公室找到了他在一八九六年十月三日的成绩单，一份唯一保存完好的成绩单：他在所有的科目中都取得了优异的成绩（5/6，6/6），除了法语（3/6）和地理（4/6）。国家、领

1　这是2009年阿贝尔奖获得者米哈伊尔·格罗莫夫（Mikhail Gromovv）的一句话。菲利普·帕若（Philippe Pajot）曾在其论文《亚历山大·格罗滕迪克，关于最大化的研究》（*Alexandre Grothendieck，à la recherché de la généralité maximale*）中引用过这句话。

土、语言、边界，诸如此类的问题，他全都不放在心上。

学校的楼梯间摆着一座爱因斯坦的半身像。这个爱因斯坦却不是少年时代的爱因斯坦，他的岁数更大，但具体的年代我也猜不出来，也许雕塑者只是为了能让人们更好地辨认出爱因斯坦这个人。

在远离德国故乡的阿尔高州，在绵延的山峦间，神迹显现，他的学生终于爱上了学校[1]。

而我就像一只鹰，不，一只信天翁一样，展开了翅膀，准备在想象的天空中自由飞翔。

一生中，爱因斯坦从来没被幸福这个问题困扰过。诸如我们常听到的："我从来没有把快乐或者幸福当作自我的终点，我放弃这种个体的享受，这种局限于群体天性的个体的享受。[2]"我们仿佛听到了琐罗亚斯德（Zarathoustra）的声音："我努力要获得的是幸福吗？我努力要获得的是我的成果。"

在阿劳，爱因斯坦是快乐的。"这是瑞士的一片绿洲，也是欧洲的一片绿洲。"班级照片中的爱因斯坦，系着领带，一只手插在兜里，已经蓄起了小胡子。这时的他是最放松的他。

---

1 爱因斯坦曾经写道："阿劳中学给我留下了难以忘怀的记忆，我不会忘记这里自由的精神，从不依仗外部权威的老师们以及他们真诚的帮助。"（这封信被挂在学校里。）

2 阿尔伯特·爱因斯坦，《我如何看待这世界》（*Comment je vois le monde*, Flammarion, "Champs", Paris, 1979），第 9 页。

这所学校的校长是若斯特·温特勒（Jost Winteler）。鸟类学专业出身的他是一位个性鲜明的人物，对任何事物都充满了好奇，也是当时一位小有名气的诗人。他在学校同时教授历史、古希腊语和哲学，还经常和学生一起自由地讨论当时备受争议的话题，包括德国禁止学校讨论的政治问题。

他也热衷于在临近的山里徒步。每个周末，他都会带着一群学生和他的几个孩子（他一共有七个孩子，四男三女）一起去爬山。这一小群人会一起观察珍奇的鸟类，比如阿尔卑斯山雷鸟，在风信子、毛茛、虎耳草、杜鹃花中辨认各种山鸟。鸟语花香，夹杂着昆虫的嗡嗡声和远处羊群的叮当声。有一次，在三天的远足中，他们甚至登上了海拔 2540 米的森蒂斯峰（Säntis），俯瞰圣加伦。

对于爱因斯坦来说，若斯特·温特勒是一个非常重要的人，近乎精神上的父亲。是他让爱因斯坦喜欢上了山间徒步这种给人启迪的放松方式。当我们行走在路上，欣赏美景时，思想也获得了新的空气，它们聚在一起，平静下来，复苏，分叉，产生新的想法。

很快，住在若斯特·温特勒家的爱因斯坦便被当作了家庭一员。而爱因斯坦很快也改口叫温特勒爸爸、温特勒妈妈（爱因斯坦的生母宝丽娜也姓温特勒，这便让这个称呼更加顺口）。他们一起住在学校对面一座粉色墙的大别墅里。

我从大门走出了学校。外面还下着雨。我一眼便认出了那座房子，墙的颜色还是原来的颜色，墙面上挂着一块像勃朗峰的刻度牌一样的大理石牌子。牌子上面骄傲地写着：

在若斯特·温特勒家里

1895—1896

著名物理学家爱因斯坦

1879—1955

曾居住过

几行细字并没有告诉人们的是，爱因斯坦的初恋也曾住在这里。这位年轻的女子名叫玛丽，玛丽·温特勒。十八岁的她脸上有两朵红晕，一看便是若斯特·温特勒的女儿。爱因斯坦和玛丽·温特勒，这两个孩子经常一起演奏乐器，玛丽弹钢琴，爱因斯坦拉小提琴。妈妈六岁时送给爱因斯坦的小提琴，他和它几乎寸步不离。开始学琴的几年，他的小提琴老师只是机械地教给他相关的演奏技巧，音乐仿佛不过是一种机械的调试。爱因斯坦非常排斥这样的教学方法。在他十四岁的那一年，一切变得不一样了。那一年，他发现了巴赫和莫扎特的奏鸣曲：音乐不再是简单的机械重复，而是情感和灵感的来源，一种内心世界同外部世界的和弦。爱因斯坦后来这样说："我总在音乐中思考，在音乐中，我看到了自己的梦想，看到自己的生命在音乐中展开。小提琴是我生命中最大的快乐之一。"[1]

---

1 引自 G.S. 维亚克（G.S. Viereck）的采访《生活对于爱因斯坦意味着什么》(*What Life Means to Einstein*)，刊于 1929 年 10 月 26 日的《周六晚报》(*Saturday Evening Post*)。

和大家一起郊游的时候，这对恋人总是手牵着手，远远地跟在队伍的后面。很快他们便陷入了热恋，并彼此承诺永远相爱。阿尔伯特写给玛丽的情书中，有这样一句话："你对于我的灵魂而言，比整个世界还要重要。"

这个年轻的女孩毫无疑问是他幻想的基石，但并不是他脑袋里唯一的东西。在学校的橱窗里，我找到了爱因斯坦学期末的一份法语作业。在这份带着红色墨水笔修改痕迹的作业中，爱因斯坦已然规划好了自己将来的人生轨迹：

> 如果我能够幸运地通过考试，我将会成为瑞士苏黎世联邦理工学院的一员。接下来的四年当中，我会在这里研究数学和物理。我希望选择这些自然学科的理论方向进行深入研究，并成为这个领域的老师……这很自然：人们总会喜欢从事与自己擅长领域相关的事情。而且科学研究相对的独立性也非常吸引我[1]。

理解宇宙的奥秘，理解宇宙独立于人而运行的规律，这便是爱因斯坦最关心的事情。过度地追逐情感或者沉溺于情感都会阻碍他的探索之路。他因此对于情感本身充满了警惕。然而，这种警惕在友情面前又是另一幅景象。如果我们仔细观察

1　引自亚伯拉罕·派斯（Abraham Pais）《细节是上帝，爱因斯坦的科学与生活》（*Subtle Is the Lord*，*The Science and the Life of Albert Einstein*，Oxford University Press，Oxford，1982），第 42—43 页。

老照片，比如那张在普林斯顿大学公园里拍的照片，爱因斯坦和他的朋友库尔特·弗雷德里希·哥德尔（Kurt Gödel），约翰·冯·诺伊曼（John von Neumann）站在一起，三个人是那么和谐融洽。对于我来说，三个身影之间夹着的空气，似乎又代表着一种分离，三人像被一刀切开似的相互独立存在着。

在爱因斯坦看来，物理研究意味着一种解脱，代表着和世俗世界中的纷扰相互隔离的希望。当暮年爱因斯坦回顾自己一生的研究之路时，他说出了自己可以持之以恒、孜孜不倦地进行科学研究的原因。他解释道："为了能够逃离日常生活令人痛苦的粗鄙和单调。"[1] 任何配得上知识理论这个称呼的理论都应当明确地区分"自我"和"非我"。如果用约翰·费希特（Johann Fichte）在《科学教理》（*La Doctrine de la science*）中的术语来说，就是要明确被研究事物的内部世界和外部世界的界限。把重心放在"自我"上的研究——尽管"自我"这个词本身也界限不清——总是会强调主体的感受、感觉、想象、印象，经常也会局限于这样的研究。把重心放在"非我"上的研究则会以更加抽象的概念为依托，尽量脱离与感受的直接联系，比如会依托数字、逻辑结构、关系、数学公式、方程，也就是精确科学的表达方式。在第二种情形下，世界便成为一个缩小的，不完整的，脱离了颜色、气味和声音的微世界。然而这样的微世界又有着自己独一无二的优势：它以一种客观的方

1 阿尔伯特·爱因斯坦，《自画像》（*Autoportrait*，Inter Editions，Paris，1980），第 86 页。

式在人和人之间传播。所有人都承认水比水银更容易凝固，铁的密度要高于木头。这些事实与文化、心理、国别、宗教，与是否聪慧都没有关系。这些事实脱离了被研究体本身，却又适用于所有被研究体。因为这些事实独立于人的情感，而这种独立性又使得它们可以为所有人所接受[1]。

就这样在客观的知识世界里，人们相互成为了兄弟。“自我”，通过自身的反射活动，从感知出发，再借助理智和想象，触碰到“非我”的真理，这便是少年爱因斯坦在阿劳懂得的道理。在当时，物理学正如火如荼地发展起来，震惊着媒体。威廉·康拉德·伦琴（Wihelm Röntgen）在进行阴极射线的实验时，观察到放在射线管附近涂有氰亚铂酸钡的屏上发出的微光，由此发现了X光。几个月后，一八九六年三月，法国人亨利·贝可勒尔（Henri Becquerel）受伦琴发现X-射线的启发，在研究铀和钾的双硫酸盐的磷光现象时发现：磷光射线能穿过不透光的纸张，而这也成为居里夫人（Marie Curie）放射

1　爱因斯坦一生都相信这句话。而这也解释了他在谈及对量子物理学进行解读时的审慎态度。在他看来，解读量子物理会让观察者过于直接地接触这门科学。1930年，他在柏林第一次遇到拉宾德拉纳特·泰戈尔（Rabindranath Tagore），纽约客杂志刊登了两人的会谈内容。在这次会谈中，爱因斯坦清楚地表明了自己的立场：对于宇宙性质的研究，有两种不同的观点。一种认为世界依附于人类，同人类一起构成一个整体的世界；另一种观点认为世界是独立于人类的事实。我坚持的是第二种观点；我没有办法证明它的正确性，但它就是我的信仰。泰戈尔这样回应道：“这个世界是人类的——科学观也是属于科学家的观点；所以，在我们之外，便没有世界。”

性研究的重要素材。英国人约瑟夫·汤姆孙（Joseph Thomson）推导出阴极射线存在于带负电的粒子，而这便是后人称之为电子的粒子。物理世界到处都是能量、不明射线、电、磁、电话、直流电、灯泡，所有这一切都挑动着这个少年的想象力。

拿到阿劳中学的毕业证后，爱因斯坦成功地通过了瑞士苏黎世联邦理工学院的入学考试。虽然在虚数和无理数的概念上还有一些含糊不清的地方，他依然拿到了数学单科最高分。当然，同样拿到单科最高分的还有物理：一场两个小时的考试，爱因斯坦仅仅用了七十五分钟便完成了试卷，提前交卷。虽然未来的相对论理论并不能解释这种时间压缩，但我们应当承认这个男孩在这方面极具天赋。

一拿到瑞士苏黎世联邦理工学院数学物理教师预备班的入学通知，爱因斯坦便离开了阿劳前往了苏黎世。很快，爱因斯坦便不再写信给玛丽——没有照顾她的情绪，也没有告诉她自己的转变。他只是给这个年轻女孩的母亲宝丽娜·温特勒写了一封信。在信中，他述说了自己的难处并且宣布："从此以后，艰苦的学习和对神创造的自然的研究将成为自己生命中不可替代的天使，它们将指引着自己克服生活中的所有困难。[1]"

---

1 阿尔伯特·爱因斯坦给宝丽娜·温特勒的信，写于1879年11月30日。收录于《爱因斯坦书信集》第一卷（*The Collected Papers of Albert Einstein*, vol.1：*The Early Years*，*1879—1902*）。

承诺给爱人的永恒，有时候却是非常短暂。十八岁的爱因斯坦或许已经清楚地知道，没有什么可以阻碍自己选择的生命轨迹？

天不早了，我觉得有点冷。我得赶快找到一间可以睡觉的屋子。正好路上有一间舒特森酒店（Gasthof zum Schützen），我决定进去碰碰运气。运气不佳，倒还是在这里吃了一顿青菜炖香肠。好心的前台小姐看到我的窘态，又帮我联系了几家酒店，看看有没有空房。晚上十一点的时候，我终于来到了紧挨着车站的阿劳索雷尔酒店（Aarauuerhof）。

在那里，一切终于干净、清爽了。我钻进了羽绒被里。长时间的骑行过后，我的大脑发生了一些变化：微微的、静静的，从身体到心灵的变化。我想要重新读一遍《我如何看待这世界》。在这本书里，爱因斯坦提到，全世界的知识分子聚在一起便会形成一种超越国家的力量，一种可以号召人民的力量。于他而言，这种对国界的蔑视一直如影随形。写下这些文字的那年是一九三四年，而我觉得他似乎是在描述今天的世界——集权，巴勒斯坦，犹太复国主义，战争与和平——当然，也有物理。我对自己说，如果爱因斯坦谈及的不是亘古不变的事实，那么，他就是一位预言家，一个可以把未来和当下聚在同一视角下的先哲。他曾经写道：“面对当今的经济困局，如果一个对经济学一无所知的人敢提出自己的观点，那一定是因为专家对于经济的诊断出了问题。[1]”他曾经提议减少工作时间，调节货币存储量，控制信贷。他甚至还建议稍微控制商品价格，因为垄断或者强强联合形成的企业集团正在逃避自由竞争法则[2]。一九二九年经济危机爆发的前夕，他还曾请求国家干预经济，以求获得更平稳的经济发展……他的话仍然回响在当今。

1　爱因斯坦，《我如何看待这世界》，第79页。

2　同上。

5
在梅特门斯特滕的两小时，像是一种永恒

时间是一块需要精心裁剪、再裁减的布料；
你的手要抓住它，晾干它，翻转它，最后打开它。

瓦莱尔·诺瓦里纳（Valère Novarina）

第二天一早，我起身站在酒店的窗前，遥望着远处的风景。太阳仿佛是一颗巴洛克珍珠，正从群山后一层层薄雾里懒懒地升起。这正是一幅桑德拉尔所描述的画面。据城市天气预报，雾一会儿便会散去。最终，薄雾屈从于纳维尔–斯托克斯方程[1]（Navier-Stokes），慢慢退去了。城市在明亮清爽的空气里似乎大了一圈。

1 纳维尔–斯托克斯方程是一组描述像液体和空气这样的流体物质的方程。这一组方程可以解释很多现象，比如大气层空气的流动和水在管道中的流动。

威廉·萨默塞特·毛姆（William Somerset Maugham）曾说：“所有的幸福都始于一顿安静的早餐。”（毛姆也曾说，引用是一种智慧的便利替代物。）我想说的是，在瑞士德语区开始一顿安静的早餐，是一件更加幸福的事情。在同一条街上的爱因斯坦餐厅，是我坚持要去的地方。人总是要有些坚持的，不是吗？而且，不能害怕出丑。

在餐厅的入口处，我和一尊立着的爱因斯坦像撞了个满怀。对着这个手捧菜单的爱因斯坦，我差点说了声“Grüezi”。在瑞士德语里，这个词的意思是“您好”。前一晚，人们刚告诉我这里不同地区的人们打招呼都有自己的方言。这个地方很特别，优雅，纯净。七十瓶红酒齐整地摆放在餐厅的墙上，从上到下组成了一个规整的长十米、宽七米的矩形。

一碗柏奇木斯里（什锦麦片），这种当地的早餐可谓是有益身心健康的兴奋剂，我觉得自己可以马上跳着爬上韦尔特山（aiguille Verte）。它的效果如此明显，我望向停在路边的自行车的眼神都变得有些贪婪。我迫不及待地想要跨上自行车飞驰，刚刚吞下的能量只想着快快转化成动能。

然而我却不是一粒光子。我没有办法在时空中沿着最短路径抵达苏黎世和苏黎世湖。于是，我决定从梅特门斯特滕绕道前往苏黎世。要知道，一八九九年的夏天，爱因斯坦和他的妈妈还有妹妹玛丽曾来过这里。二十岁的爱因斯坦当时正准备开始瑞士苏黎世联邦理工学院第三学年的学习。四十千米一尘不染的道路（瑞士人是如何做到这一点的？他们用的是什么清洁剂？），清新的阳光，一片又一片浓郁的绿色（我不知道这里竟然有如此之多的绿植）。我嘴里哼唱着伊夫·蒙当（Yves Montand）的曲子，没过两小时便抵达了苏黎世。当然，还有宝莱特（Paulette）的曲子。

爱因斯坦一家曾住在天堂酒店。我出发前却并没有刻意求证这家酒店是否依然存在。好在很快我便看到了一块牌匾，上面标着“天堂酒店”四个字。我像兔子一样沿着陡坡，一跳一跳地爬到了这家建在山坡上的酒店。如今这里已经变成了摆放着滑梯和跷跷板的儿童户外活动场。从酒店望出去，苏黎世湖尽入眼底。

这里空无一人。所有的门都关着。很显然因为周末。让我感到震惊的是，这里竟然没有一丝爱因斯坦的痕迹，甚至没有一块纪念的牌匾。他确确实实曾在这里住过，然而曾经的一切却早已了无踪迹。空间消除了自己的过去，这让我感受到一种了断，一种近乎空虚的了断。

我有一种奇怪甚至是眩晕的感觉：逝去的现在将会去往何方？如果没有了痕迹，过去又会在哪里？和时间有关的空间问题总会让人的思考变得局促。它们离我们的习惯那么远，却像拓扑问题一样，时时回响在我们耳边。我们只能用流动的本体论、双重性、或者现实和虚幻间的折中这些概念，含糊其词地搪塞着。和现在割裂的过去将成为虚幻，因为现实只能存在于现在。从本质上来讲，过去便是亡故，紧随其后的东西会马上取代它。但是曾经存在过的事实，现实曾经驻足过的地方，这一切不是又让过去永葆真实吗？就算它们的痕迹已经不那么清晰，甚至有一天终会消失。即使时光不再，即使已经脱离了现在的现实，曾经发生的一切难道不能被称为真实吗？这样我们便可以说，过去消失了，但是永生着。不错的辩证法。

在梅特门斯特滕的寂静中，我即兴写着《秒表的策略》(*Les Tactiques de Chronos*)，然后是《时间的信使不会敲两次门》(*Le facteur temps ne sonne jamais deux fois*)。恍惚间我觉得自己开悟了关于时间的问题。在这样全新的一天。我会不会弄错了呢？我会不会是从一个错误的角度来看待这个问题？一瞬间，我顿悟了永恒。物理中所说的时间也是建立在语义的偶然之上。一个选词，一个偶然却又任意的选择。

一九九〇年六月，达摩克利斯之剑曾悬在我的头上。医生说除了手术没有别的办法。三个月的迟疑之后，我最终选择了手术。在这段时间里，我和时间的关系发生了剧烈的变化，我起初没有意识到这种变化。我不再做互联网时代的基甸了，不再把日程排满，把自己投入忙碌的近未来，而是专注于创作自己的第一本书。我一边写着，一边享用着美味的营养餐：即便是最平常的事物，也会让我兴致盎然。

这样一段不寻常的经历会让我不由得问自己：时间的本质是什么。这种我们不断重复的流质，它承载着一切，改变着一切，它可以腐蚀最坚硬的岩石，改善社会，或者更常见的，它可以让酒愈发香醇。它真的如我们的语言所描述的那样吗？它真的像我们所认为的，所感受到的，或所经历的那样吗？像物理学家们描述的那样吗？在很久以前，爱因斯坦一定也问过类似的问题，甚至说，这些问题曾深深地折磨过他。我清楚地意识到这个悖论的严重性：时间这个词，如果把它放在一句普通的、快速流动的句子里，那么人对于它的理解将不会有任何问题，然而，如果一旦把这个词从流动的状态中截取出来，在没有上下文环绕的情况下，这个词便成了一个谜，一种痛苦的思想的折磨。时间到底是什么？一种特殊的物质？它可以单独存在吗？它需要依靠我们而存在吗？它是不是意识的产物？考虑到我们关于时间的思考很大程度上源于我们和时间的关系，或者说我们甚至是语言的受害者，这样的思考就愈发困难。圣·奥古斯丁在《忏悔录》中曾说过："我们很少有准确的表达，我们的语言里有太多的不准确。"随着时间的流逝，时间这个词的多义性变得越来越繁复，同时，期限，变化，成为，紧急，等待，磨损，速度，衰老，甚至金钱，甚至死亡……很显然，这个词已经承载了太多的意义。趁着自己的身体还允许思想继续奔腾，我决定从语义学的角度澄清一下这个词。

可是该如何入手呢？有什么可以依托的基础？我首先想到的是物理学。用保罗·瓦莱里（Paul Valéry）的话来说，数学介入物理，并通过对时间的数学表达，构成了物理方程的重要标尺，使得物理学可以有效地对语言情景进行"清洗"。这也是我为何会用几年时间来尝试解码，解释物理学中关于时间的基础公式。因为只有这样，我才可以近距离地理解相对论之父的理论。但是在这里，在梅特门斯特滕的小山丘上，在彩色的滑梯和跷跷板间，在澄澈的，被雨水洗过的蓝天间，我突然困惑了。这突如其来的困惑来自牛顿所引发的物理学革命。而爱因斯坦的缺席似乎被赋予了某种意义。

所有人都知道是牛顿把变量 t 引入了动态方程之中，并把它命名为时间。我第一次问自己，当年牛顿是出于何种考量，依据的是时间的何种概念，才把 t 命名为时间。以什么样的知识为依托，牛顿从一个羸弱的数字符号里，认出了时间的模样？他完全可以用别的方式来命名这个符号，这个他发明的物理术语，和我们常说的时间没有任何相似之处。它甚至不具备任何我们能马上想到的关于时间的特质：非物质的，抽象的。这个时间 t 没有流逝的速度，也没有那些时态现象所具备的特点，甚至我们在谈论这个时间的时候，也会把它同别的时间概念相混淆；随着时间的流逝，这个符号没有改变自己以时间的形式而存在的方式，这也就是说，它并不依凭它自身……那么它是真正的时间吗？还是一种变薄了的、不完整的时间？又或者，它是一种完全不同的、别的东西？

我为什么会思考这个让人眩晕的问题。直到刚才，我还未从反事实推断的角度来思考这个问题：如果牛顿当时把 t 命名为“东西”，或者用更精确的英语来说，把它命名为“玩意儿”（trick），我们还会不会拷问物理学家对于时间的理解？这些人应该会组织各种关于“东西”或者“玩意儿”的内部研讨会，讨论这个十七世纪出现在物理领域的专有名词；同时，哲学家、历史学家、社会学家、心理学家和其他人将会继续讨论时间这个词的内涵，也无需顾忌物理学家的各种发现……那么狭义相对论撼动的将不是我们关于时间的理解，而是关于早些时候出现的另一个物理术语“东西”的理解。也就是说，狭义相对论将证明“东西”不是绝对的，而是同我们测量的参考系相关，并且和空间有关——而空间这个词，牛顿完全可以称之为“家伙”。这样一来，我们的宇宙学家讨论的将不再是时空中的拓扑学或者时空弯曲，而是，不要笑，“家伙东西拓扑学”和“家伙东西弯曲”。

爱因斯坦没有想过这个问题吗？我猜他应该想过。但是我也不敢指着脑袋这么说，毕竟没有什么证据可以证实这一点。

我躺在草丛里，想感受这个地方的气息。我脑海中出现爱因斯坦一个人行走在树林里的身影。想必他在一个人静静地思考些什么吧。他总是这样消失在人们眼前，只为了躲开朋友们无聊的闲扯，或是妈妈那边蜂拥而至的亲戚，尤其是姨母茱莉（Julie Koch）的叽叽喳喳。在爱因斯坦眼中，这个姨母简直是一个自大无知的怪物。有时候，他也会在树林的空地里，给酒店老板的漂亮的小女儿讲一些情话，或者是在小本子上写一些露骨的情诗：

亲爱的漂亮的女孩：

你想要我给你写点什么呢？

我想到了很多东西，有一个便是贴在你美丽小嘴上的一个吻。如果这让你感到生气的话，我请求你不要哭泣：最好的惩罚便是，你，你也给我一个吻。

来自你淘气的小伙伴[1]。

阿尔伯特·爱因斯坦

周围的一切仿佛都安静地停止了。没有一丝风声，云朵也停在了空气中。整个世界都在安静地休息。我望着天空，感觉到被光线充满的世界也是绝对静止的世界。绝对静止？就像以太一样，它曾被十九世纪的物理学家认为是如铁一般的坚硬的存在。

这种“以太”和亚里士多德以及柏拉图所认为的“以太”没有任何关系。这种以太是光以太，也就是光的承载体。为什么光以太的存在是必须的呢？这是因为光本身的原因：十九世纪物理学的两大支柱理论之一，麦克斯韦提出的电磁学理论认为光是由电磁波构成的。在当时，波通常被认为是通过振动其所在场域的某种东西而得以传播的一种现象。因此，波浪这种波动现象，便是水（更准确地说是水表面）的振动，使得依附于它的浪得以传播。对于光而言，物理学家认为，光在传播过程中受到某种场域的振动，即光以太的振动。并且，光以太充斥在世界的每个角落里。但是这种光以太，它又是由什么构成

1　丹尼斯·布莱恩（Denis Brian），《爱因斯坦，天才，人》（*Einstein*，*le genie*，*l'homme*，Robert Laffont，Paris，1996），第 38 页。

的呢？它是否也由某种结构，比如由某些小弹簧来构成？它是笨重的？坚固的？还是有弹性的？经过几番犹豫之后，电磁学给出的答案是，它没有形状，看不见，没有黏性，它具有的唯一特性便是绝对静止，而这便是我在梅特门斯特滕的草地里所感受到的东西。

这个结论却和物理学的另一支柱理论相左：牛顿力学。牛顿力学以相对性为基本原则，研究的是物质的运动。依据相对性原则，运动是虚无的。按照伽利略的说法：静止是一种相对的运动。这意味着什么？意味着物理学定律不能够被运动所改变。当我骑着自行车做匀速直线运动，如果这时我口袋里掉下一枚硬币，那么它将置身于我所在的参照系，沿着与自行车垂直的方向坠落（仿佛硬币坠落的瞬间，自行车也停止了运动），并和我一样，沿直线匀速前行。相对性原则意味着一种关于参照系的统一：参照系处于运动状态或是静止状态，不会对参照系内的物质运动产生影响，参照系内的物理现象将以同样的形式遵循物理定律，保持相同的运动速度和状态。同时，它还意味着不存在绝对静止的参照系。也就是说，相对于其他同等的参照系而言，某一参照系总可以被认为是运动的。

“没有绝对的静止。”这便是牛顿力学的精髓。“光以太是绝对静止的。”电磁学如是说。这两种在各自领域完全正确的理论，依据的却是完全相反的原则！

该如何解决这种概念上的冲突呢？在研究光的电磁学原理时，一些物理学家开始质疑牛顿力学原理。因为根据牛顿力学原理，光以太是不可能绝对静止的。年轻的爱因斯坦绝对不会对此袖手旁观。或许爱因斯坦正是在梅特门斯特滕的森林中坚定了探究光以太的决心。不管怎么说，一八九九年八月，在梅特门斯特滕的暑假里，爱因斯坦写信给班上唯一的女学生米列娃·玛丽（Mileva Marié）：

> 我最近正在认真读赫兹的《电力传播》(*La Propagation de la force électrique*)。我越来越相信，如今关于运动物体的电动力学，和事实并不吻合。应该有更简洁的表达方式。我认为，在电学理论中引入"光以太"这个词，只是让人们在谈及其运动场域时有了一个表达方式，但是人们并不能说明"光以太"的物理内涵。在我看来，电力只有在真空中才能被准确定义[1]。

爱因斯坦想要研究"光以太"的想法，从这时起变得越来越清晰。然而，这只是爱因斯坦一个人的事情。六年之后的一九〇五年，他以英雄的姿态宣布了"光以太"的死亡。而"光以太"的终结也成了狭义相对论的先决条件：光在空间中的传播不需要依靠介质；光在真空中依靠自身来传播；光是一种独特的物理现象，它的振动来源于光本身，它的传播不需要

1　阿尔伯特·爱因斯坦，《第8封信》，收录于阿尔伯特·爱因斯坦和米列娃·玛丽的《爱情与科学书信集》(*Lettres d'amour et de science*, Seuil, Paris, 1993)，第49页。

依靠任何场域，即不需要依靠光以太来实现光的传播。

天色渐晚，“黑色海盗船，在金色天空靠岸[1]。”是时候离开这里了。我像是睡了一觉，做了一个梦。醒来的我飞快地蹬起脚踏车。根据当日新闻报道，在一大片的电动车流中，也难以分辨哪一个是我。

1 阿瑟·兰波（Arthur Rimbaud），《第一次圣餐》（*Les Premières Communions*, Gallimard，“Bibliothèque de la Pléiade”，Paris，2009），第 140 页。

6
格格不入，守护我的天使

毫无疑问，牧羊人是我们的向导。

勒内·夏尔（René Char）

于特利山（Uetliberg）和苏黎世山（Zürichberg），这两座郁郁葱葱的小山，一西一东，环绕着苏黎世。傍晚时分，我蹬着脚踏车爬上了于特利山，苏黎世湖尽在眼底。夕阳里，我陶醉在快速骑行的酣畅淋漓和路人投来的艳羡目光中，仿佛整个人正沿着一条看不见的路重生，融化，继而消解。

在空间中冲撞，消耗，然后在时间中获得解放和终结。用一段段短暂的时间把空间切割成一大块一大块，速度成了存在的烟火。有的时候，想要说服自己接受相对论运动虚无的说法实在不容易，比如当雨水打在脸上，手里紧捏着吱吱作响的车闸，在重力的拉扯下，以六十千米每小时的速度爬坡前行时……

天色越来越暗。从梅特门斯特滕到苏黎世，我沿着爱因斯坦的生命逆旅而行。我要去的是位于市中心芙木斯特街（Fraumünsterstrasse）上的首都咖啡馆。生活全部的艺术，富有和平静。爱因斯坦便是在这里和苏黎世联邦理工学院的同学们，一边抽烟，一边品尝着冰咖啡。当然，这是因为当时的他们还负担不起啤酒。在吧台入座后，我试着问服务生是否了解这位以前的顾客。我心里想着，爱因斯坦应该是这里最有名的顾客，虽然很多名人，比如罗莎・卢森堡（Rosa Luxemburg）、弗拉基米尔・列宁（Vladimir Ilitch Lénine）、卡尔・荣格（Carl Gustav Jung），也常来这家咖啡馆。然而服务生对我说，他不了解这位客人，甚至不知道爱因斯坦曾经也来过这里。我知道自己此行的目的并不在搜集八卦，但是……我一边和一个只有我自己能看到的幽灵碰着杯，一边失望地猛灌了两三瓶啤酒。

于我而言，苏黎世是一座著名的国际大都市。它奢华而宜人，完美融合了两个反义词。据当地媒体报道，充满火药味却又温情脉脉的国际足联总部也设在这里。一座矛盾的城市。但我知道不能相信肤浅的表面。苏黎世是一座多面的城市，在这里，金钱和疯癫、保守和革命共存。

二十世纪初的苏黎世是活跃的国际文化中心，也是一块和平的净土。欧洲愈演愈烈的民族主义情绪在这里似乎是另一个世界的事情。“这里不仅是难民的港口，是暴动者的机会场所，思想者的绿洲，间谍的交易所，也是意识形态的摇篮，诗人和流浪汉的家园。”[1]在苏黎世，诗人雨果·鲍尔（Hugo Ball）在伏尔泰酒馆创立了达达主义。当时的欧洲，正笼罩在“一战”的阴影之下，刺刀、炮火、芥子气正在大规模地、成体系地屠杀着年轻人。一九一六年二月五日，凡尔登战役（la bataille de Verdun）爆发的前夕，战争难民们在这里开启了第一次达达主义文学之夜。他们是鲍尔（Ball），扬科（Janco），阿尔普（Arp），查拉（Tzara）……据说达达主义这个文学术语是这次聚会的三天后，特里斯坦·查拉在裁纸刀的帮助下发明的。因为裁纸刀恰好滑在了《拉鲁斯词典》的这一页。查理本人对于这个传说不置可否，这样“达达主义”这个名词又有了一种偶然的、量子般的芬芳。达达主义运动的目的很明确：“我们想要革新的不仅仅是造型艺术和文学艺术，我们希望走得更远。就算无法改造社会结构，至少也可以改变这种一面高歌道德准则，一面带来杀戮和苦难的虚伪的文化。对于我们来说，改变生活难道不是一种崇高的抱负吗？艺术应当为人服务，而不是人为艺术服务。”[2]

历史的讽刺。在一九二〇年的德国，民族主义政党正开始研究相对论理论，并且把它和达达主义做了比较。在他们眼中，二者都是反基督的案例。

---

1 马赛尔·扬科（Marcel Janco），《达达主义创始人》（*Dadacréateur*），收录于《达达，一种运动的独白》（*Dada*，*monographie d'un movement*，Verlag Arthur Niggli，1957）。

2 特里斯唐·查拉（Tristan Tzara），《一些回忆》（*Quelques souvenirs*），收录于《全集》第一卷（*Œuvres complètes*，t.1，Flammarion，Paris，1975），第732页。

苏黎世这座多面的城市，这座让·阿尔普称之为“达达之地”的城市，让格格不入的爱因斯坦得以踏入“体制”。一八九七年到一九〇〇年，他在苏黎世联邦理工学院度过了四年的学习生涯。

在利马特码头（quai de Limmat），我们可以沿着长长的楼梯通向苏黎世的最高处。巧妙又威严的设计和在我看来有些过度的新古典主义在这里融合：圆柱，三角楣，冰冷的几何对称，再加上城市的夜景……

苏黎世联邦理工学院曾诞生过多位诺贝尔奖获得者。从这个角度来看，这里的教学质量应属上乘。然而年轻的阿尔伯特并不属于这里。物理学大部分的教授都止于阐述实际领域的公式和方程，而爱因斯坦想要思考的是支撑这些公式和方程的原理：这些公式的背后是什么。这才是他关心的全部，或者说近乎全部。如果物理学是一只鸡，那么爱因斯坦想要剖开它，切开它，然后再把它剔了骨头。

很快爱因斯坦便开始只参加他认为重要的课程。即便是这样，大部分时候他也只是懒洋洋地列席而已。好在爱因斯坦还可以指望格罗斯曼·马赛尔（Marcel Grossmann）的条理清晰的笔记。格罗斯曼·马赛尔是一位非常用功，并且在数学方面比爱因斯坦更优秀的学生。对于爱因斯坦来说，他唯一喜欢的工作地点就是物理实验室。在这里他可以连续几小时沉醉在与物理实验的亲密接触中。[1]

1 阿尔伯特·爱因斯坦，《自画像》，出版信息同前，第 56 页。

有时爱因斯坦也会和房东的女儿苏珊（Suzanne Markwalder）一起去湖上划船（他当时住在位于克洛巴赫街 87 号的一座美丽的房子里）。起风的时候，他会努力地控制小船的方向，这时的他就像个孩子，正幸福地捧着自己心爱的玩具。一旦风平浪静，他又会立马掏出口袋里的纸笔，继续刚刚被打断的冥思，不时地在纸上写写画画，经常忽略了坐在旁边的女孩。等到风再起的时候……

一八九七年，在一次音乐爱好者的聚会上，刚到苏黎世的爱因斯坦认识了年轻的意大利工程师，同样喜爱拉小提琴的米歇尔·贝索（Michele Besso）。两人很快便知道对方会是彼此一生的朋友。两个人有那么多的共同点：爱好音乐，无限的求知欲望，尤其是对于科学和哲学的好奇心。当爱因斯坦进入苏黎世联邦理工学院的那一年，年长六岁的贝索刚刚从这里毕业。不久之后，爱因斯坦便把安娜·温特勒介绍给了自己的新朋友。这位很快便成为贝索夫人的安娜·温特勒便是温特勒爸爸的另一个女儿，玛丽的姐姐……

苏黎世。爱因斯坦在这里又一次坠入爱河。这位来自塞尔维亚的年轻女子名叫米列娃。目光敏锐，声音甜美的她，也喜欢曼陀林。和阿尔伯特一样，她狂热地喜欢着物理和数学，同时也对当时热门的分子运动论非常着迷（如今分子运动论已成为一门边缘学科），热衷音乐聚会，又本能地排斥着资本主义。慢慢地，在这两个前达达主义的追随者心中迸发出一种强烈的爱情。他们经常会给彼此写长长的信，而信中的感情又是那么难以言传：

> 你是，并且将永远是我心中神圣的王国，一块没人有资格进入的圣地。我也知道，你是最爱我，最懂我的那个人。(……)当你不在我身边的时候，我觉得自己便不完整。坐着的时候，我想着走走。当我走开的时候，我又想着赶紧回家。放松的时候，我想着去工作。工作的时候，我却又不能集中精神。当我躺在床上的时候，我对这一天很不满意。[1]

这让我们想到《威尼斯商人》里女主角鲍西亚的台词："半个我是您的，还有那半个我也是您的——不，我的意思是说，那半个我是我的，可是既然是我的，也就是您的，所以整个的我都是您的！"[2]。是的，米列娃给他带来了浪漫的情愫。在爱因斯坦写给米列娃的一首诗中，我们可以感受到那种不需要点火，便可以燃烧的热烈感情。况且，根据公式 $E=mc^2$，能量也可以转化为物质。

> 不管发生什么，我们都会过上世界上最美好的生活。令人开心的工作，你和我。我们不需要依靠任何人，只要我们两个人便可以应对这份工作。更何况，我们还可以

1　爱因斯坦写给米列娃的信，写于1900年8月6日。《爱情与科学书信集》第64页。

2　威廉·莎士比亚，《威尼斯商人》第三幕。

尽情享受青春。还有什么比这更让人开心？等我们攒够了钱，我们就买两辆自行车，隔两三个星期，我们就出去骑行游玩。[1]

一九〇〇年。夏天在逼近。检验四年学习成果的毕业考试就在眼前。对于爱因斯坦来说，这更像是一种义务，一项毫无乐趣责任，最终他以第四名的成绩（班上一共五个人），通过了毕业考试。在自传中，爱因斯坦这样写道：

考试时，不管你愿不愿意，你都要绞尽脑汁地记住那些人们要求你记住的东西。这给我带来了很坏的影响：毕业考试之后的整整一年，我对任何科学问题都提不起兴趣。

排在第五，也就是倒数第一，米列娃因为功能理论这门课的分数过低被迫留级。爱因斯坦一如往常地宽慰着崩溃的米列娃，鼓励她明年再来一次。也就是这个时候，两个年轻人决定结婚。然而，两人却一直不敢定下婚期：爱因斯坦的母亲并不喜欢米列娃，在她看来，这个女人过于学究气。

拿到文凭之后，烦恼也随之而来。他所珍爱的科学对他已经没有了吸引力。他和这些学科带头人、传播者、教授的差距太大。他桀骜不驯、蔑视权威的性格惹恼了一片教授，

---

1 阿尔伯特·爱因斯坦，《1900年9月19日的信》，收录于《爱情与科学书信集》，第75页。

包括五年前曾经鼓励他再次报考这里的教授海因里希·韦伯（Heinrich Weber）。有一天，面色铁青的海因里希·韦伯教授尖刻、甚至报复性地对他说："没错，您是个了不起的人物，但是绝对不会有任何成就！"爱因斯坦称韦伯教授为韦伯先生，这便是"天赋"惹怒老师的地方，尤其是对于一个没有"天赋"的老师。在毕业考试的前三天，越来越愤怒的韦伯要求爱因斯坦重写一篇很长的论文，理由是这个学生没有把论文写在统一的论文纸上。爱因斯坦也因此失去了许多复习其他功课的时间。离开苏黎世联邦理工学院时，爱因斯坦不得不接受这位物理学教授竟然对三十年前的麦克斯韦方程充耳不闻，竟然对这个预言了电磁波存在的方程只字不提！他愤怒地说："瑞士是最适合养老的地方，所有的东西都慢了三十年。"

爱因斯坦非常了解麦克斯韦的学术贡献。一八七九年，这位物理学家离世的那年，恰好也是爱因斯坦诞生的那年——正如牛顿诞生的那年，也是伽利略离世的那年。在脾性和处事原则上，麦克斯韦和爱因斯坦非常相似。两只古怪的、奇特的鸟。据说在剑桥学习的那几年，麦克斯韦总是下午入睡，晚上九点起床，为的是能在夜里安静地工作。每天早晨，他都会迎着第一缕阳光慢跑在宿舍的走廊和楼梯间，脚上蹬着一双雨鞋——据说那是宿舍的同学不堪忍受他跑步发出的噪音，比公鸡打鸣都要早，才丢给他的特制鞋子。显然这种怪癖深得爱因斯坦的欢心。

科学实验的教授是让·佩尼特（Jean Pernet）。爱因斯坦在这里也是一无所获。在一堂实验课上，他故意把写着老师要求的实验方法、实验内容的纸条扔进垃圾桶：他就是要按照自己的方法来做实验。被激怒的佩尼特请自己的助教作证："爱因斯坦到底怎么了？让他做什么，他便不要做什么吗？"助教这样回应："确实，教授先生。但是他的那些做法又总是对的，很有益处。"

赫尔曼·闵可夫斯基（Hermann Minkowski）是一位享有盛誉的数学教授。这位老师对爱因斯坦也没有好感。然而几年后，当爱因斯坦掀起物理基础革命的时候，尤其是一九〇七年，当他本人也正式建立起狭义相对论下的时空概念的时候，他改变了自己对这位学生的看法。在给马克斯·波恩（Max Born）的信中，闵可夫斯基曾这样写道："对于我来说，这真的是一个意外。因为爱因斯坦在学校的时候真的很懒，并且觉得数学是一件倒霉的事情。"[1]

以上便是老师们对他的评价。可想而知，爱因斯坦手中的推荐信会是什么样子。毕业后，他不断地投简历，瑞士，国外，尤其是符腾堡大学和斯图加特大学，然而所有的信件都杳无音讯——渴望献身物理研究的爱因斯坦得不到自己想要的职位。学术世界向他静静地关上了门，爱因斯坦愤怒了。一九〇一年十二月，他写道："想想真的可怕，这些老腓力斯人竟然这样阻挠一个和他们不一样的人。这些人本能地把一个年轻学者当作一种威胁。"爱因斯坦笔下的"腓力斯人"来自亚瑟·叔本华

1　闵可夫斯基给马克思·波恩的信，写于 1907 年。

（Arthur Schopenhauer）。叔本华曾精辟地定义过从众心理：这些人不需要思考，在某种程度上，他们站在“天分”的对立面，甚至只要这样的人出现在人群中，他们也立马压制这“天分”，即使这“天分”可以带领大家取得更好的发展。爱因斯坦是《世界报》的忠实读者，对于他来说，这既是一种意愿也是一种象征。

除了事业上的不顺利，爱因斯坦的经济状况也越来越不容乐观。他父亲在意大利的生意陷入困境，而爱因斯坦的生活也因此日渐窘迫。偶尔的物理、数学私教课已经无法养活他自己，找到一份正式的工作已是迫在眉睫。米列娃一直在身旁鼓励他，不断说他是一个有着过人天分的人，并且提出要帮助他。然而一九〇一年夏天，米列娃希望成为高中教师的愿望也破灭了：数学和天文学不及格，毕业考试补考失败。

在雅各布叔叔的建议下，爱因斯坦决定通过申请瑞士国籍来提高自己的就业可能性。最终，爱因斯坦获得了瑞士国籍，并终身保有它。

一九〇一年十二月十一日，救生木终于出现了：《瑞士联邦公报》上刊登了一份启事，联邦知识产权局（人们坚持把它称为专利局）需要招聘一位二级工程师。这份工作需要一位对基础物理有广泛了解，并且具有实验精神，善于把理论运用到实践中的工作人员。这简直是为爱因斯坦量身定做的工作：

大学四年，他在实验室里花费了那么多时间，对于各种电压表、螺线圈、筒圈、磁铁、电流、电压发生器以及分光镜都了如指掌。而且爱因斯坦还有一个优势：他熟知电磁学。他不仅熟知电磁现象，并且自学了相关领域专家的理论，比如古斯塔夫·基尔霍夫（Gustav Kirchhoff）、赫尔曼·冯·赫尔姆霍尔茨（Hermann von Helmholtz）、海因里希·赫兹（Heinrich Hertz）。当时，与产业密切相连的专利局收到越来越多的电器、电磁设备的鉴定文书，迫切需要雇用一位了解这方面知识的工程师。

一九〇一年十二月十九日，在好友格罗斯曼·马塞尔的建议下，爱因斯坦向专利局递交了职位申请。这一天也是米列娃的生日，忙于工作的爱因斯坦却忘了和女朋友一起庆祝。两个小时的面试之后，爱因斯坦没有成为专利局的二级工程师，而是三级工程师，也是专利局有史以来最年轻的三级工程师。这一年，他还不满二十三周岁。

阿尔伯特和米列娃就这样离开了苏黎世，前往伯尔尼。最开始时，两人还各自住着。没过多久，两个人决定不顾世俗的眼光，搬到一起住。

为了赶上他们，我还得再走一百多公里。我已感到体力不支。什锦麦片带来的爆发力似乎越来越弱：我的爱因斯坦骑行之路也要告一段落了。在苏黎世火车站，我归还了从巴塞尔借到的自行车。“如果照这样继续下去，火车站将很快不再是火车站。”这一路上，我非常欣喜地看到皮埃尔·达克（Pierre Dac）的预言还没有变为现实。

7

伯尔尼，一切的开始

我们的精神是可以被穿透的。它需要一个物体，
一个直接影响它的物体。刹那。

弗朗斯西·蓬热（Francis Ponge）

下午时分，我抵达了伯尔尼。在这里，爱因斯坦爆发出革命性的、整个思想史上都非常罕见的力量。一九〇五年的三月到五月，短短的几个月间，这位伯尔尼专利局的初级工程师给世界带来了真正的火花，知识的大爆炸。伯尔尼，破茧成蝶的地方。

探索一个地方，有很多种方式。我们可以等待命运偶然的磁场安排，也可以沿着某位名人的轨迹去追索，可以按着自己的想象，也可以依着自己的性子去偶遇，去随心随性地探索。对于爱因斯坦这个个例，他的轨迹神秘莫测。就像是“尤里卡”的传说，我们一定能找到某些创世记的时刻，闪耀的瞬

间。就在这些瞬间，爱因斯坦从未知来到了可知，从晦暗走向了光明。但是他本人从未提及自己思想的斗争。对于他来说，这种转变应该是一种持续的，愉快的战斗，一场无法叫停的战斗。

在自己最后的日子里，爱因斯坦曾提及在伯尔尼的快乐时光。他喜爱这里。终于离开了“腓力斯人”的爱因斯坦在这里又找回了自由。虽然他从没有承认过，但是“环境”似乎真的起了作用。在城市里走一走，在时间的平移中我似乎猜到了什么。这里的街道边都建有可以避雨的拱廊，即便突然下了暴雨，也不必担心会淋着。当我站在城市的最高处，一味佐料出现在了眼前。五月澄澈的蓝天下，远处的山峦清晰可见：传说中的阿尔卑斯山、少女峰、僧侣峰、艾格尔峰尽在眼前。神秘的艾格尔峰的北坡，深色的沟壑间闪烁着迷人的冰晶。爱因斯坦也一定见过这样美景，我甚至相信这美景曾带给他灵感：想要探凿秘境，有时是否也需要站在山顶，比肩浩渺？

在青年爱因斯坦的信件中，我们可以看到他对于瑞士连绵不绝的山脉的喜爱。只不过，他喜欢的是山脉的另一面，更广阔的另一面——大西洋。虽不是“斗牛士”，他却痴迷于震撼心灵的崇山峻岭。在这里，所有精神的负压都慢慢消失。

很多物理学家都钟爱大山。对于二十世纪的物理学家来说，这种爱好似乎成为一种趋势。我甚至怀疑，如果欧洲是一片平坦的土地，量子力学还会不会横空出世？精密科学能够付诸实践，会不会也和这些直插云端的山峦有关呢？我很乐意相信事实就是如此，而爱因斯坦本人也没有否认这一点：

> 建立一种新的理论，并不像是拆掉一座谷堆，再建一座大厦。它更像是爬山，越往上爬，离出发点越远，便会看到更多的风景，拥有更广阔的视野。然而出发点却永远在那里。比起那些历经阻碍后看到的风景，困难显得微不足道。[1]

科学研究和爬山有这样的共同点：二者都要求精准的姿势，都会给人带来角度的转变，也会引发新的观点：一旦登顶，细节和整体都尽在眼前。这个时候，我们会对这句重复了千百遍的话有更深的体悟：整体大于部分的总和。二者的相似性还在于，攀登的过程会漫长而且艰难，会有数不清的弯道和斜坡；我们想着到达了，然而并没有；又突然冒出了一个难题，我们汗流满面，心狂跳着，绝望着却又坚持着，直到终于到达了山顶。而这份奖励也是无与伦比的。高度的魔力。我们接近了圣杯，天空和大地在最纯净的空气里相融，正如勒内·多马尔描述的那般："只有在这里才有最纯粹的水晶。"[2]

经常爬山的人都知道，这也是一种存在的方式。把小我置

1　阿尔伯特·爱因斯坦和利奥波德·英费尔德（Léopold Infeld），《物理观念的演变》（*L'Evolution des idées en physique*，Flammarion，"Champs"，Paris，1993），第 143 页。

2　勒内·多马尔（René Daumal），《近似的山》（*Le mont analogue*，Gallimard，"L'Imaginaire"，Paris，1981），第 169 页。

身于广阔的世界前，从心底涌起征服的欲望。从这个意义上来看，爱因斯坦是物理世界里的攀登者。言归正传：在伯尔尼，爱因斯坦用在攀登物理之峰的时间要多得多。

我走在城市繁华的街道上，脑海里试图重构历史的线索。然而这却是一项不可能完成的任务，一种近乎无谓的努力。说到底没有哪一个时代像他身后的那个时代一样变幻莫测：关于时间的研究很难和之后发生的事件产生很直接的联系。我们和过去相隔的时间不仅仅是一个让过去更模糊的不透明场域，随着时间的流逝，我们的观念也发生了改变，甚至即使当时的事物就在我们眼前，我们也无法看到前辈们当时看到的东西。想要通过思考或者回忆来重塑过去，不异于拿现在的标尺去丈量过去：无意中，我们便把这些东西带回了当代。

我决定关掉手机——与现在隔绝，与科技隔绝——以便能够更加接近爱因斯坦。我甚至也像爱因斯坦一样，随身带了一个做记录的记事本。这一次我将用尽自己所知的密码（甚至是电脑都无法破解的密码）、捷径（甚至是最谨慎的人都没有留意的捷径）和图画来完成这一次探索。我成为了一个暂时的信息绝缘体。

伯尔尼专利局创立于一八八八年。风格严肃的办公大楼位于根弗格斯大街（Genfergasse）和斯脾舍大街（Speichergasse）的交叉口。专利局一共有二十九位工作人员，大家每天早上一起来办公室，一周工作六天。工作的主要内容便是鉴定专利文书是否合理，是否符合科学规范。

一九〇二年六月十六日，爱因斯坦愉快地开始了新工作。每天八个小时的工作时间内，他需要辨别哪些发明可取，哪些不可取。简单的发明，比如烤面包机、自动削皮器、老鼠笼子——这些都是最简单的发明。至于曾被系统否决过，没有任何存在可能性的永动机，当然也不存在特别的鉴别困难。但是很多时候，对于极具创造力的发明家来说，他们的专利文书却非常晦涩难懂。爱因斯坦非常乐意看到这样的文书，因为这样一来，他的工作便充满了解密的乐趣：拆解这些艰涩的文字，把它们转换成流畅的文字，同时对重点予以强调。

一份需要洞察力和坚实科学素养的工作。很快，他意识到自己很喜欢这份工作——理解文书想要表达的逻辑和内容，进而对其可行性做出判断，这间接激发了自己的思考。在工作的间隙，爱因斯坦还会完善自己的物理笔记。当领导走过来时，再把它们快速塞回抽屉里。反应敏捷的爱因斯坦似乎并没有因此招致领导的不满，也可能，那是领导对他的宽容。

以文书为依据，描述、鉴定各类发明，这份工作显然比大学教职更适合爱因斯坦。后来他写道：

> 专利局的工作是意外之喜。这份工作从不同方面拓展了我的思路，也激发了我在物理学上的思考。对于我这样的人来说，能够从事一份实实在在的工作，这是我的福

分。对于一个年轻的研究者而言，学术生涯意味着他将不得不写出一系列的科研文章。只有真正专注于科学本身的人，才能和这种追求表面文章的趋势抗衡[1]。

爱因斯坦很敬重专利局的领导们，他和同事们的关系也都非常融洽。大家也会经常拿他的穿着开玩笑：没有一点衣着品位。很快，爱因斯坦成为专利局最受欢迎的专家，可以鉴定最难以应对的文书[2]。在专利局的同事们面前，他曾戏称这里是"藏着最美好想法的世俗修道院[3]"。

在人们看来，理论物理学家应该是一群游走于社会边缘的冥想者，幻想家。这些人探索着天上看不见的世界，却很有可能不认识住在同一层的女邻居。对他们而言，缥缈的虚拟概念比人类的陪伴更重要。他们可以算出最艰涩的数学题，却无法为自己煮熟一个鸡蛋。这些人可以推导出优雅的理论，自己住的地方却一片狼藉。可是这幅"厄比纳尔"肖像没有任何依据，也无处考证。很多理论学家确实会在现实世界中感到不适，不愿应对各种社交关系、日常琐事，有意地抗拒着完全融

1　阿尔伯特·爱因斯坦，《选集》(*Œuvres choisies*，Seuil/CNRS，1981—1991，vol.1)，第 16 页。爱因斯坦的这条供述会让人想到，他很有可能无法接受当下的学术氛围：要么出版，要么消亡。时下，这种学术趋势愈演愈烈，正在消耗着当代的科研工作者。

2　亚伯拉罕·派斯（Abraham Pais），《细节就是上帝》，第 47 页。

3　阿尔伯特·爱因斯坦，1919 年 9 月 10 日写给米歇尔·贝索的信，引自《与米歇尔·贝索的信件》(1903—1955)。(*Correspondance avec Michele Besso* [*1903—1955*]，éditions Hermann，Paris，1979)，第 73 页。

入现实世界。对个体而言，若他渴望用观念代替现实事物，那么同现实世界保持一定的心理距离就显得尤为重要。往旁边迈一步，往后退一步，可见的世界和不可见的世界之间便有了对应，现实的物质世界也因为有了不同于其表象的内涵而变得更丰满。最终，现实的世界被提炼成了一个个数学公式。

说到爱因斯坦的过人的抽象能力，我们也不能忘记，很多时候，他也需要从理解身边的具体事物入手，从而提取出科学原理。不过在他眼里，生活便是科学。“品茶的时候，他会注意到茶叶不会从四周散开，而是会向茶杯圆心聚集。于是他找了一个解释，建立起一种看来毫不相关的理论：拜尔定律。走在沙滩上的时候，他会思考一个我们司空见惯的问题：为什么湿了的沙石会变得坚固，而干燥的和浸在海里的沙石却不是这样。于是他又给出了一个科学解释。”[1] 似乎物理也变得诗情画意起来。

从现实着手，继而切入理论研究。在这一方面，相对论之父爱因斯坦和伽利略毫无二致：电压表、电冰箱、电表、助听器……爱因斯坦在这些领域都有自己的专利。从小，爱因斯坦便痴迷于积木游戏，也喜欢研究各种机械原理。而这也养成了他凡事寻求前因后果的思考习惯，希望在具体和抽象，现实和表象间建立联系：观察事物、机器，把玩、研究这些东西，这个过程中又会产生新的想法观点，接着在实践中，在别的地方

1　巴纳希·霍夫曼（Banesh Hoffmann），《爱因斯坦，创造者和反叛者》，第268页。

去检验这新的想法。

一九一三年，在荷兰物理学家德哈斯（Wander Johannes De Haas）的帮助下，爱因斯坦通过实验证实了铁磁性物质的磁化会诱导出某种旋转运动，该效应又被称为爱因斯坦-德哈斯效应。他的好友安多尼娜·瓦朗丹（Antonina Vallentin）这样评论他："他总是喜欢探究一些外人看来和他研究不相关的问题。对于和工程相关的所有事物，他都非常感兴趣，他喜欢动手做些什么。"[1]安多尼娜·瓦朗丹曾参与过爱因斯坦和一位桥梁专家的谈论，三个人一起研究什么样的桥拱受力最优。

在伯尔尼的街头，我脑海里出现了这样一幅画：一个象征性的，实实在在的人。

---

1 安多尼娜·瓦朗丹，《爱因斯坦的悲剧》（*Le Drame d'Albert Einstein*，Plon，Paris，1954），第 66 页。

8
奥林匹亚诸神的游戏

如果矮子的影子很长，那是因为天色已晚。

吉安-卡洛·罗塔（Gian-Carlo Rota）

一九〇二年夏天，爱因斯坦得知父亲病重。更可怕的是，医生已经下达了死亡判决书。在父亲最后的时刻，爱因斯坦搭上了去往米兰的列车，希望能够陪伴在父亲身边。然而，这位生性乐观、温和、明理、待人友好的老人却做出了另外的选择：他想要独自面对生命最后的时刻。一九〇二年十月十日，年仅五十五岁的父亲去世了。爱因斯坦跌入了巨大的情感漩涡，用他自己的话说："这是有生以来最大的打击。"

父母一直反对的婚姻，这时候却少了许多阻碍。尤其是母亲宝丽娜。当初宝丽娜曾这样评价米列娃："这个女孩和你一样，看起来就像本书。你需要的是一个可以持家过日子的女人；况且，她年纪比你大；等你三十岁的时候，她可就是个巫婆了。[1]”他的父亲倒不至于一眼就看到未来。在生命最后的时刻，父亲同意了两人的婚事。

三个月之后，一九〇三年一月六日，两人在东正教的圣诞前夜（米列娃信奉东正教）简单成婚了。阿尔伯特请来了两位朋友作证婚人：一位是他在苏黎世联邦理工学院结识的，来自瑞士的年轻数学家哈比希特（Conrad Habicht）；另一位是罗马尼亚籍的哲学系学生索罗文（Maurice Solovine）。说来，爱因斯坦和索罗文是通过这样一则小广告结缘的："物理私教课，每小时 3 法郎"。对这对新人来说，婚宴，是一家伯尔尼小餐馆里的四人简餐；蜜月，则是从餐馆到家的徒步旅行，沿着阿尔河右岸一直走到迪耶斯塔街（Tillierstrasse）18 号的家里。总是心不在焉的爱因斯坦，这一次还丢掉了家门钥匙，这对冻僵的新人只好叫醒了住在楼里的房东。

几个月后，他们搬到了阿尔河左岸的克拉姆大街（kramsgasse）49 号。这里距著名的钟楼只有几步之远。建筑物的正面挂着一块铭牌，上面清楚地记载着，爱因斯坦在这里提出了著名的狭义相对论。还有一幅巨大的爱因斯坦肖像：他手里捧着一本书，面带微笑，站在二楼的窗台前。显然，人们刻意维持着当时的情景：铺着石子的路，一部分被设为人行横道，建筑物也保持着以前的风格。这样看来，时间似乎静止了：建筑物散发着历史的气息，历史也因此变得更加浓郁。

1　引自德姗卡（Desanka Trbuhovic-Gjuric），《米列娃·爱因斯坦的一生》（*Mileva Einstein*，*une vie*，éditions des Femmes，Paris，1991），第 88 页。

爱因斯坦住过的公寓，如今已成为一家由三间房间构成的小型博物馆。博物馆里陈列着各种各样的物件：一张办公桌，一个烟管，一只墨水瓶，几件家具。墙上挂着的是爱因斯坦夫妇一九〇三至一九〇九年间的合影。老照片总是会给时光覆上一层朦胧的光：过去在这里变得有点笨拙，看上去像是“过时”了的样子。对比之下，现在看起来则愈加可靠、耀眼，愈加真实。也许是因为身处博物馆的缘故，这两种感觉在我心中交叉着，镶嵌叠加着：一九〇五年似乎变得和二〇一五年一样生动。

公寓的墙上挂着蔬菜图案的地毯。在这里，爱因斯坦热烈地生活过，奇迹般地思考过。我徘徊在这里，身体似乎正在穿越爱因斯坦的剩磁。过去在刹那间重回现实……

爱因斯坦茶餐厅（Einstein Kaffee Rauchsalon）建在一层的拱廊。我要了一杯二百毫升的琥珀色朗姆酒。近乎金色的朗姆酒散发着迷人的香气，由酒香酵母发酵而得的酸（2- 乙基 -3- 甲基丁酸）以完美的比例融入了其中。环绕着茶餐厅的酒架上依次排列着几十只黑色的瓶子，“爱因斯坦的酒庄”，黑色的标签上用白色的字母写着：祝您健康。临走前，我随手拿了其中的一瓶并马上付了钱。几个星期之后，我在两位物理学家（爱因斯坦的崇拜者）面前，洋洋得意地打开了这瓶酒。哎，这瓶酒原来只是酒店的装饰品：一口下去，一股洗洁精的味道扑鼻而来，呛得我赶紧吐了出来。历史的教训：想要醉酒的人，千万不能弄错瓶子。

一年以来，阿尔伯特、哈比希特和索罗文常常聚在小酒馆里，就着咖啡、香肠和奶酪，或者两颗煮鸡蛋，一起讨论物理问题到深夜。三个人经常聊着聊着就大笑起来。面对旁人疑惑的眼神，索罗文在之后曾这样写道："我们当时非常高兴，伊壁鸠鲁所谓'快乐的穷人'说的就是我们！"[1]

三个人还会一起参加古典音乐独奏会，有时候，深夜也会一起去城郊的小山谷徒步。在伯尔尼南部的古尔腾（Gurten）山顶，三个人一起等待着日出。天好的时候，他们还能看到几千米外伯尔尼的钟楼。如果拿着望远镜，他们甚至可以看到上面的指针。那时候，爱因斯坦已经开始思考这个问题："对于我们来说，现在到底是几点？"当他们看到指针指向七点的时候，对于几公里之外的他们来说，到底是七点整呢，还是要考虑光从表盘传到他们眼中一刹那的误差？如果他们距离钟表的位置更远呢？如果他们相对于钟表来说，处于运动状态呢？尽管在他每日的生活里，主角都是削皮刀、烤面包机的之类的小发明，然而时间的度量，光在空间中的传播，却成了爱因斯坦心头挥之不去的疑问。光速会不会是时空连接的秘密？

一九〇二年五月，三人创立了一种类似学院的机构，并把它顽皮地命名为"奥林匹亚学院"。学院只有三名成员，旨在"三个骄傲的人闲暇时自娱自乐[2]"。这个"反群体"的机构

---

1 阿尔伯特·爱因斯坦，《写给索罗文的信》（*Lettre à Maurice Solovine*，Gauthier-Villars，Paris，1956），第 VI 页。

2 引自《写给索罗文的信》中 1953 年 5 月 3 日的那一封。

却成为科学史上最富成果的“小群体”。作为学院的主席和财务官，爱因斯坦总是敦促成员们及时缴纳会费。如果有人缺席聚会，他也会温和地提出批评。米列娃虽然不是学院的正式会员，但她也会时不时地出席他们的聚会。

“奥林匹克三神”会一起研究讨论各种科学哲学作品，对亨利·庞加莱（Henri Poincaré）的作品尤为关注。不久前，这位同样在思索时间、空间和运动关系的科学家出版了革命性著作《科学与设想》(*La science et l'hypothèse*)。“奥林匹亚成员几个星期来都在狂热地研究这本书。”[1] 大家反复推敲着这句话：“没有绝对的时间。就时间本身而言，所谓两段等量的时间是一种没有意义的，仅依靠习惯而存在的主观臆断。人们既不能够依靠直觉判断两段等量的时间，也无法依靠直觉判断不同地点发生的两件事是否具有同时性。”也许就是从这个时候起，“三个火枪手”开始思考这样的问题：处在柏林的人，如何才能知道巴黎的时间？这个问题不是时差问题，它的着眼点在于时间在空间中的传播。

他们也迷恋着康德（Kant）。在康德看来，时间和空间不是独立、自然的客观实体，而仅仅是一种主观条件，是人的主观感知所依赖的条件。在“奥林匹克三神”看来，没有任何理性思考的基础，就直接把时空看作是一种先验存在，是不是有点过于高高在上？是不是需要把时空概念从凌驾于喜

1　索罗文的话，引自《写给索罗文的信》第 VIII 页。

马拉雅山的高度上拉下来调整，以便人类能够更好地利用这些概念？之后，三人又把目光转向了大卫·休谟（David Hume）。他在批判教条的唯理主义时，提出人类无法获得真理：人类的观念和感受都是主观的。还有约翰·斯图尔特·密尔（John Stuart Mill）。他在《逻辑归纳和逻辑演绎》（*Système de logique inductive et déductive*）中提出：自然是永恒不变、可预测的，相同的环境总会引发相同的现象——爱因斯坦据此注意到，逻辑归纳无法给出正确的物理概念[1]。最终，三人注意到恩斯特·马赫（Ernst Mach）在《力学和力学的发展》（*La mécanique et son développement*）中曾全面批判牛顿物理学的哲学基础，尤其是对空间绝对性（不依附于物体以及物体的运动）进行了质疑：在他看来，空间只能被当作物体间的关系而存在，因此不具有“另外”存在的意义。这一彻底的质疑，不免让人联想到牛顿力学的另一绝对理论——时间的绝对性：我们所看到的、体验到的时间和绝对时间有什么关系？

暮年，爱因斯坦曾坦言，若不是读了这些大家的作品，他很有可能无法给出解决方案（即狭义相对论）。于他而言，一定的哲学思考是必要的，但也是不够的：在伟大创作的某些阶段，如果能与一位“灵魂之交”有所交流，那将是再珍贵不过的事情。一九〇四年一月，爱因斯坦邀请好友贝索（Michele Besso）

1 爱因斯坦在给索罗文的信中曾这样说：“物理学中的基本概念，是绝对不可能通过逻辑归纳法得出的。无法理解到这一点，是许多十九世纪思想家最大的错误。”见《写给索罗文的信》第 28 页。

来伯尔尼与自己会合：爱因斯坦和专利局领导关系不错，可以为贝索在这里谋得一份工作。后来，爱因斯坦曾这样评价贝索："欧洲最有效的催化剂。"这个知识渊博、敏锐、乐于思考新观点的人，总能带给周围人灵感，丰富他人的理念。在贝索的帮助下，爱因斯坦的想法更加坚实、严谨、缜密。贝索就像是网球场的一面墙，能够无一例外地接住所有的球。对于他的好友，爱因斯坦曾这样说："他的力量不在于直接参与构建理论，而是像苏格拉底那样，通过与他人的合作，磨光擦亮这种理论。[1]"从贝索的角度来看，自己更像是一只站在雄鹰肩上的小鸟。小鸟无法像鹰那样翱翔，然而，站在雄鹰肩上的小鸟却可以在更高的天空飞翔。

几个月之后，一九〇四年五月十四日，米列娃生下了他们的第一个儿子[2]，起名叫汉斯·爱因斯坦，小名叫做布比（Bubi）。有些夜里，爱因斯坦会一边伏案计算物理公式，一边摇着小汉斯的摇篮，又或者用一只手把小汉斯抱在膝盖上，腾出另一只手写着东西，嘴里还会叼着一支烟[3]。而我年少时挂在

---

1 《爱因斯坦写给海因里希·桑格的信》，写于1909年10月7日。引自《与米歇尔·贝索的信》，第73页。

2 这其实是爱因斯坦和米列娃的第二个孩子。1902年2月4日，米列娃重返于匈牙利，在距离贝尔格莱德几公里之外的伏伊伏丁那（Vojvodine）——米列娃的父母家中诞下他们的第一个孩子。这个小女孩的名字是莉赛尔·爱因斯坦（Lieserl）。对于这个小女孩，人们知之甚少，据传她幼年死于白喉，也有人说她被别人收养。

3 这些细节来自爱因斯坦的学生大卫·勒森斯坦（David Reichinstein）的供述，参见罗杰·海菲尔德（Roger Highfield）和保罗·卡特（Paul Carter）撰写的《爱因斯坦的私人生活》(*The Private Lives of Albert Einstein*，Faber and Faber，Londres，1993)，第130页。

墙上的第一幅他的相片，便是拍摄于这个时期。相片上的爱因斯坦身着浅色西装，歪打着领结，双手插兜，漫不经心地靠墙站着。整个人都呼吸着思考的愉悦。

没有人知道，在伯尔尼，在专利文书、幻想、朋友晚间聚会中，在襁褓和婴儿的咿咿呀呀中，一个新世界正在悄悄地成长起来。而它的作者，也将很快把这个崭新的世界带到世人面前。整个一九〇五年，阿尔伯特·爱因斯坦，这个完全不属于学术圈、彻彻底底的局外人连续发表了五篇震惊世界的文章，其中的四篇涉及革命性的观点，全新的理论。用路易·德布罗意（Louis de Brogile）的话说："就像一团标志性的烟火，如闪电般划过漆黑的夜，降落在一片广袤的未知的领域。"如果专业的历史学家可以精确地编织出这段不凡历史的时空脉络，创造历史的当事人却无法捕捉其中的奥秘，也无从得知是什么把它们相连，是怎样的玄妙带来了这样的杰作。

这便是人们经常提及的一九〇五年：这一年发生了著名的波将金号战舰兵变，这一年阿诺尔德·勋伯格写出了《佩利亚斯与梅丽桑德》，德彪西写出了《海》，克洛岱尔写出了《午间分享》，毕加索创作出了《拿着烟斗的男孩》——而这一年也是物理世界的丰收年！

9

量子初现光芒（1905年3月）

克洛岱尔曾说过类似的话，大海里，
有一种蓝色是那样的蓝，就像只有血，才会那样的红。

莫里斯·梅洛-庞蒂（Maurice Merleau-Ponty）

在贝勒维尤酒店（hôtel de Bellevue）的阳台上，身处伯尔尼城的高处，能俯瞰绵沿的阿尔山和山下碧绿的湖水。我坐在阳光下，凝视着远处的奥伯兰高地（Oberland）。几年前，我曾登上过其中的几座主峰。天空很蓝，几乎不变的、无限透明的蓝。我脑海中想象着，成千上万的光照射在连绵不绝的山脉上，又发射穿行至我的眼中。异想天开？保罗·瓦莱里曾写过这样的句子："惊讶，不是因为事物是这样的，而是因为它是这样的事物，而不是别样的事物[1]。"如果光不是现在的样子，

1　保罗·瓦莱里（Paul Valéry），《标记和离题》（*Notes et digression*），收录于《达芬奇的方法论简介》（*Introduction à la méthode de Léonard de Vinci*，deuxième édition，éditions de la Nouvelle Revue française，Paris，1919）。

那么世界又会以怎样的形式展现在人们面前?

周围一片寂静。在半梦半醒间，我决定来一次短暂的精神运动。因为，当幻想被刻意引导的时候，人可以获得关于意愿和想象关系的启示。用橡皮擦轻轻一擦，我便擦去了一百一十年来人们对于光的认知，重新回到了二十世纪初。为了能像爱因斯坦那样思考，我尽力回到当时的认知环境之下。

当时，物理学家们坚信（至少在他们自己看来）光是一种波动，一种穿梭在以太中的，有自己特定频率的电磁波。那么，又该如何解释某种特定频率的光产生的自我扰动呢?也就是说，当这种特定频率的光以建设性的方式叠加时，将会产生更多的光，而相反，如果这种特定频率的光以破坏的方式叠加时，将会产生暗区。天呐，只能承认光的本质是一种波动！只有波才能产生这样的现象！这样的论点似乎无懈可击。

光一直以来都是爱因斯坦魂牵梦绕的所在。少年时期，他就了解到一八八七年海因里希·赫兹（Heinrich Hertz）发现的光电效应：射在物体上的光会释放出电子，电子运动可以形成一种“电雨”。之后，菲利普·冯·莱纳德（Philippe Lenard）证实了该现象。然而，爱因斯坦注意到另一个离奇的现象。他在写给米列娃的信中说道：“亲爱的，我刚刚读到一篇非常精彩的文章。莱纳德在这篇文章里论述了紫外线可以产生阴极射线。这件事情让我觉得如此幸福，我迫不及待地分享给你，让你也可以感受到这种喜悦[1]。”当一束蓝光照在金属上，即便只

1 《爱情与科学信笺》，第 98 页。

是一束微弱的蓝光，金属也会系统地释放出一股以相同速度前进的电子流。但是，如果换作一束红光照在金属上，即便是一束非常强的红光，也不会产生相同的现象！蓝光和红光，从本质上来说都是光，只不过是频率不同的电磁波而已。难道只是针对金属这种特殊材质的任性？又或者说，存在各种性质的光？

五年前，一位著名的德国物理学家马克斯·普朗克（Max Planck）曾经仔细研究过光及其颜色的另一怪象：黑体辐射的光谱。他的研究带来了新的突破。

铁匠、陶匠以及烧制玻璃器皿的人们都了解这样一个现象：加热的物体会发光。最开始受热时，物体会发出深红色的光。随着温度的升高，深红色会变为殷桃红，橙色，最后成为黄色。光的颜色变化和加热物体的材质没有关系，也就是说不论是木头还是马蹄铁，当它们被加热的时候，都会产生相同的现象。

光的这种特性使得物理学家们开始设想一种理想的物体，“黑体”这样一种可以吸收一切光辐射的物体。事实上，只有在严格的特定温度条件下，黑体才会是真正的黑色：如果温度升高，黑体也会辐射可见或不可见光。对于十九世纪末的物理学家而言，问题在于解释黑体在特定温度条件下的辐射光谱，也就是说确定各种辐射光的频率以及相对应的强度。在实验室里，物理学家们试图利用黑体模型（取工程材料制造不同受热情况的空腔，并在空腔上开一个小孔）来测量这些物体的辐射光谱。然而落实到计算中，结果却让人气馁：这些数据并不符合实验室的实际测量结果。

绝望之下，马克斯·普朗克（Max Planck）提出这样一种设想：物体和光辐射之间只能通过不连续的，一份一份的能量束来实现能量交换。这些一份一份的能量束，他把它们称之为“量子”。某一特定频率的光只能通过“付钱”的方式实现能量交换，而这里的“钱”也就是这些大量的能量束。并且，光的频率越强，能量束越多。通过计算，“量子理论”也完全吻合了实验室的实验结果。然而，“量子理论”的提出者马克斯·普朗克却不愿意接受这个假想，因为这并不符合时下光学的权威理论——光的电磁学说。光的电磁学说认为，光和物质的能量交换不受“数量”的制约。因此，我们的物理学家倔强地认为，这只是一次偶然的臆测，并不是物理学的事实真理，似乎他的计算结果只是碰巧和自己坚信的理论相反而已。所以一九〇〇年十二月十四日，从普朗克在柏林科学院宣读论文的那一刻起，“量子”也同时被判了死刑。

爱因斯坦却没有前辈的这份小心翼翼。“量子假设”能否解决黑体问题？可以。它和经典物理学说产生了冲突，那又如何？在叛逆的爱因斯坦看来，理论正确与否，不在于它被重复了多少遍——相反地，那些人们习以为常的理论正是需要首先被质疑的理论。任性的光电效应便是一个被发觉了的，美丽的事实。

普朗克的这一发现深深地吸引了爱因斯坦。并且，他还想更深入地挖掘前辈的假设，并重新解释神奇的“光电效应”。他提出，光不仅仅由电磁波构成，同时，它也包含了一系列的微粒，即光“量子”。如此，普朗克的吊诡的计算结果就得到了很好的解释：如果光和物体之间的能量交换是“定量的”，那只是因为光本身就是由“量子”构成的。

也就是说光电效应是因为光粒子会像炮火那样，零星地，时有时无地触击金属，而并非因为电磁波有规律地、均匀地照亮了金属。这个解释主要建立在这两种假设之上。

——光由微小的，一份一份的能量束，“量子”（之后被称为光子）构成。这意味着光的结构，至少有一部分，是微粒型的；和我们看到的不同，光是一种气体，一种由光子组成的气体。

——“光子”附带的能量值取决于光的振动频率：光的振动频率越大，光子的能量值越大：蓝光所蕴含的能量超过红光。

有了这样的假设，“神奇”的光电效应便可以得到很好的解释。当光照射在金属上时，光子将会把一部分或者全部的能量传递至困在金属里的电子中。如果该能量值足够大，那么它将可以释放被困的电子；被释放的电子在移动过程中产生了光电效应。这也就解释了为什么蓝光照射可以产生电子流。倘若该能量值不足以释放被困的电子，那么便不会产生光电效应。这便是红光无法产生电子流的原因。

爱因斯坦也意识到，这种理论很难解释光的反射、折射和衍射。但是如果承认光是一种振动波，这些问题却又迎刃而解[1]。更要紧的是，光的“粒子说”无法解释光的扰动：光释放出的光可以产生更亮的光——这倒是可以理解，但是光释放出的光还可以产生暗区，这种出乎意料的现象却可以用光的“波动性”来解释[2]。那么，如何把光电效应和光扰动现象结合在一起呢？难道光既具有“波动性”又具有“粒子性”？这样的假设和经典物理学背道而驰。在经典物理学看来，“波动性”和“粒子性”是两种截然不同的范畴。“粒子”被定义为一种占有固定空间的物体，比如小如沙粒般的“粒子”。“粒子”在空间中有明确的运行轨迹，在某一个时刻，粒子所处的位置和运行速度都是确定的。和“粒子”不同的是，“波”几乎可以占满整个空间，或者说可以占满一部分的空间，并且“波”的运行轨迹无迹可寻，就像来自大西洋的波浪那般，无序地拍打着布列塔尼的海岸。

爱因斯坦思考着这种可能性。不知不觉中，他已经推开了一扇通往物理新世界的大门：量子物理。很快，他便意识到，“量子”学说不仅可以解释光的构成，所有的物质，甚至小到微观世界里的物质都是由“量子”构成的。一九〇五年三月十七日，在伯尔尼老城的红色小区里，在根弗格斯大街（Genfergasse）和斯腓舍大街（Speichergasse）的交叉口的小

---

1 牛顿在用“粒子说”解释光的折射时也遇到了同样的问题。当光照射在具有反射功能的表面上，比如光照射在水的表面上，为什么一部分光发生了反射，另一部分光却发生了折射。他这样解释这个现象：一部分光粒子被反射冲激活，另一部分光粒子则被传递冲激活……

2 光的亮区是因为两条“光波”的峰顶恰好重合，暗区则是因为一条“光波”的峰顶叠加在了另一条“光波”的峰底。

办公室里，爱因斯坦向当时最著名，资历最老的杂志《物理学刊》（*Annalen der Physik*）寄出了自己的文章，又转身投入到削皮器和永动机的文书鉴定工作中。正是由于这个关键性的突破，爱因斯坦于一九二一年获得了当年的诺贝尔物理学奖。

事实上这个奖还有另一个故事。一九二二年十一月九日，当收到官方电报时，爱因斯坦正在上海中转，准备搭乘轮船“北野丸”（Kitanu Maru）去往日本。奈何官方电报上写明：“该奖是为了表彰他在理论物理学上的贡献，尤其是在光电效应理论上贡献。”只字未提相对论！爱因斯坦笑出了声。即便有众多物理学家的举荐（其中包括普朗克），诺贝尔奖委员会依然对相对论持否定的态度[1]。

我坐在贝勒维尔酒店的阳台上，漫无目的地望着远处的伯尔尼高地。我知道，这篇文章对我来说，就像是命中注定。感谢爱因斯坦，感谢他发现了这世界和量子的关系。在他的经典理论里，我看到了“粒子”，看到了“波”，也看到了他克服困难的决心。我问自己，如果没有爱因斯坦，我又会在做什么呢？如果没有这些连绵的山，我又会在哪里？也许，我永远都无法找到自己的世界，那个有着物理和山峰的世界。物理学不就是一种智力的攀爬，直至发现缄默的真理（Le logos）。

1　爱因斯坦用微妙的方式予以回击。借在日本逗留这个理由，爱因斯坦没有参加诺贝尔奖颁奖典礼，并且把自己的获奖感言换成了关于相对论理论的学术研讨会。1923 年 7 月 11 日，爱因斯坦在瑞典哥德堡当着古斯塔夫五世的面宣读了文章《相对论理论的基本观点和问题》。

10
原子存在的证据（1905 年 5 月）

理念生来不理想。

米勒 · 莱维（Miller Levy）

想要了解一九〇五年的第二大奇迹，你只需抬眼看看周围最普通的事物：石子，奶酪，纸，木头，钢材。或者，我眼前的这杯茶。然后请你集中注意力，就像巴什拉（Bachelard）所说的那样，“一圈一圈地深入生命的螺旋梯”，然后你会发现所有的存在都是由数不清的原子构成的。在今天，即便是最普通的高中生也可以不假思索地做到这样的精神体操，大家都知道物质是由原子构成的。然而在二十世纪初，原子还没有被证实，甚至还没有被发现。在这个问题上，物理学家分为两大阵营：一派相信原子的存在，比如阿梅代奥 · 阿伏伽德罗（Amedeo Avogadro），詹姆斯 · 克拉克 · 麦克斯韦（James Clerk Maxwell），路德维希 · 爱德华 · 玻尔兹曼（Ludwig Boltzmann）

和乔赛亚·威拉德·吉布斯（Josiah Willard Gibbs）——这些物理学家假设气体是原子和分子的总体，借此解释气体动力学——原子和分子持续不停的相互碰撞；另一派不相信原子的存在，他们认为原子的存在从来没有得到科学的证实，所谓原子不过是两千五百年前的人们冥想的产物。事物因看不见而不存在。

爱因斯坦属于第一派。然而，他对于原子的信仰也仅仅是信仰。爱因斯坦本能地相信原子的存在，现在需要的是去证明它的存在。这个七十八年前被苏格兰植物学家研究过的问题，爱因斯坦为什么要从这里入手？一八二七年，罗伯特·布朗（Robert Brown）在大英博物馆负责整理约瑟夫·班克斯爵士（Sir Joseph Banks）的标本。他发现了有一种名叫克拉花（Clarkia pulchella）的野花。他把克拉花花粉的种子放在水里。显微镜下，他惊奇地发现，一些非常细小的、长方形的悬浮粒子在持续地、不规则地摆动着。这通狂舞乱跳的动力是什么？布朗想一探究竟。经过研究，他发现这种不仅存在于花粉粒子中，所有的微粒（包括矿物微粒）都遵循该运动模式[1]。事实上，微小的无生命颗粒（比如玻璃粉末）总会悬浮在水中和气体中：微粒的体积越大，运动越慢；液体或者气体的温度越

1《简述植物花粉、有机体和无机体中积极分子的广泛存在——基于1827年6月、7月、8月的显微镜研究》(《*A Brief Account of Microscopical Observation Made in the Months of June*, July and August 1827 on the Particles Contained in the Pollen pf Plants and on the General Existence of Active Molecules in Organic and Inorganic Bodies》, *Edinburgh New Philosophical Journal*, 1828)。

高，运动越快。

我歪着头，看着手中还温热的茶。我想着，要是往上面撒些灰尘，是不是就可以看到神奇的粒子运动。然而，这样做显然徒劳无功，因为肉眼无法观察到“布朗运动”。此时此刻，我只能安慰自己，也许只有爱因斯坦才能看见看不见的事物，看见“布朗运动”背后的东西。爱因斯坦用眼睛看到的，布朗也肯定看到过：悬浮的粒子无规律地运动着。然而，这背后的东西，却只有思想的眼睛才能看得到：粒子无规则的运动不是任意的，无序的运动反映了隐秘的，由看不见的微粒——水分子——所支配的运动。数不清的水分子疯狂地撞击着悬浮的粒子（灰尘或是玻璃粉末），迫使这些粒子不停地改变方向。也就是说，这些悬浮的粒子是两个不同世界的驿站：可见世界和不可见世界。一方面，这些粒子足够大，显微镜下它们清晰可见；另一方面，这些粒子也足够小，一个个独立的水分子便可以撞击出它们的运动轨迹。

当水中微粒的体积足够大时（比如松树针的一小部分），不同方向上水分子对粒子的撞击得以平衡，合力基本为零，那么微粒将处于静止状态。相反，当微粒体积很小的时候，微粒所承受的撞击将会显著变少，以至于在某一特定的时间，不同方向上水分子对粒子的撞击难以实现平衡，在合力的作用下，产生了显微镜下可被观测到的微粒运动。由大量分子和原子的撞击而形成的粒子运动呈现出“之字形”的运动轨迹，先是朝着一个特定的方向运动，接着又朝向另一个方向[1]。

一九〇五年五月十一日，爱因斯坦向《物理学刊》(*Annalen der Physik*）寄出了自己的第二篇文章——《热的分子运动论所要求的静止液体中悬浮粒子的运动》[2]。一篇看起来和原子毫不相干的文章，却深刻地改变了科学的进程。从一九〇六年起，法国物理学家让·佩兰（Jean Perrin）使用各种体积不等、流速不同的液体对这个无名年轻人的想法进行了实验考证，验证了年轻的阿尔伯特·爱因斯坦提出的假设，同时确认了该观点的基础——原子假说。一九〇八年——亚里士多德提出光以太设想二十五个世纪之后，分子以及构成分子的原子得到了科学的证实。

光的种子，花粉的种子，物质的种子，所有的一切都在这里，在伯尔尼萌芽了。一九〇五年的上半年，物理学取得了重大进展，量子物理的世纪真正开始了。

我盯着手中的茶，它平静得毫无波澜。可是我知道，成千上万的粒子正在我看不见的地方波涛汹涌。我又想到了叔本华的一句话：拥有才华，可以达到常人难以到达的高度；拥有天才，甚至可以达到常人看不到的高度。

1　如果这种解释是正确的话，我们可以认为粒子的体积越小，液体（气体）的流速越慢，温度越高，粒子运动越明显。爱因斯坦据此写出了定义该运动的公式，把阿伏伽德罗常数同粒子扩散系数和液体（气体）流动系数直接连写起来。

2　阿尔伯特·爱因斯坦，《物理学刊》第 17 期，第 549—560 页。在文章的最后，爱因斯坦计算得出，当水温为 17 摄氏度时，直径为千分之一毫米的粒子（相当于一个原子体积的一万倍），其平均移动速度为每分钟六千分之一毫米。

我慢慢酌着杯中的茶。每一次在喉间吞咽，我都会反常地，却又下意识地想起那些数不清的氢原子和氧原子。我又想到了它们在天上的排列——在爱因斯坦的年代，人们还不知道这样的存在：一百三十亿年前，氢原子构成了整个混沌的宇宙，五十亿年前，一颗由氧原子构成的高温星核发生了大爆炸，向整个宇宙释放了无数的氧原子。当下的物质来自令人眩晕的遥远过去。品茶，不再是一次慢慢的消化，而更像是一次和宇宙历史相连的际遇：和我身体相融的，定是那来自宇宙之初，遥远星火中的尘埃。

11
相对论还是不变性
（1905 年 6 月）

某一刻，他抬起头，吸气，聆听，考量，看清了自己的位置；
他思考着，叹息着，掏出怀表看了一眼。
我是谁？几点了？这便是人在世间永恒的课题。

保罗·克洛岱尔（Paul Claudel）

每天早上，爱因斯坦都会步行前往几条小路之外的专利局。他会步履从容地经过人山人海的伯尔尼钟楼。而今天的伯尔尼钟楼更是分外热闹。五层楼高的主体建筑上，两只巨型的表盘上下排列着，装饰在楼顶的箭直插云端，仿佛主宰着一切，告诉着人们：时间凌驾于空间之上。从一九〇五年算起，指针已走了两万四千多圈。然而这一圈一圈周而复始的时针运动却掩盖了一个真相：时间是一场义无反顾的直线运动。在这里，有一个细节引起了爱因斯坦的注意，为了能使城市的时间得以同步，这座钟楼和城市的其他钟楼相互连接；当这座钟楼的指针向前运动时，其他钟楼的指针便即刻相随。伯尔尼的时间就这样得到了统一。这是其他城市鲜有的细节，必然给爱因斯坦带来了启示。

在二十世纪最初的几年里，每当正午十二点的时候，欧洲的各个大城市都会敲钟，有时，还会敲好几次。日内瓦岛的钟楼上有三个不同的时间表盘，一个指示日内瓦当地时间，一个指示巴黎时间（根据巴黎–里昂–地中海列车的时刻推算而来），另一个指示伯尔尼时间。各地不同的时间给生活带来了诸多不便，欧洲的铁路数量与日俱增，穿梭在各地的铁路工作者们时常会被不同的时间所困扰。设立在各地的工厂和学校之间的时间协调、近距离的交通运输都受到了影响。赫尔穆特·冯·毛奇（Helmuth von Moltke）伯爵率先在德国解决了这个问题。一八九一年三月，这个颇具影响力的铁腕人物在德国国会大厦前宣布，在德国全境实行统一的时间体系；这一举措对于“旅行者”来说至关重要，而当时“最抢眼的旅行者们，便是军队”。此外，统一的时间体系也是刚刚统一的德国的写照。就这样，德国加强了对于时间的空间管理，其他欧洲国家也纷纷效仿。

当时还需要解决另一个问题：如何确定不同地点间时间的同时性。这就需要人们思索什么是“同时性”。比如，我在街角撞到了我的女邻居，我知道这件事情发生了，于我，于她，是同时、同地发生的事情。但是，如果两件事情的发生地不同，我们又该如何确认它们发生在同时呢？

在一九〇五年，工程师们可以统一同一座城市的时间。但是，在统一全国不同城市、不同车站的时间的问题上，他们碰壁了。在国家政策引导下，在技术创新的激励之下，发明家们跃跃欲试，纷纷拿出了自己的专利方案，像极了政治选举时不断许下诺言的政客。那么这些专利方案会被送到哪里呢？伯尔尼专利局。信号中转站，信号放大器，低压发电机，电磁接收器，触摸断路器……经过仔细研究其中的物理原理，某位三级工程师确信，电磁和光以太的王国里藏着某种东西。

比如，在解释磁体和电导体材料间的反应时，人们既可以认为这是电的力量，似乎是磁体在电力的作用下产生了移动，也可以认为这是磁的力量，电导体在磁的力量下发生了移动。也就是说，对于同一种现象，有了两种截然不同的解释[1]。爱因斯坦在其中看出了蹊跷，认为这种不一致是理论原理中的病症。在一份没有出版的手稿中，爱因斯坦写道，于他而言，这种病症简直无法忍受。尽管从实证的角度看来，这样的解释没有任何问题，爱因斯坦依然从自己美学的角度提出了质疑：闭合电路和磁体的相对运动产生了电磁感应，那么即使两者互换位置，电磁感应的原理应当是没有区别的。但是，这个不一致

1　依据麦克斯韦理论，对于一个处在静态磁场中的运动的电子闭合环路，一种电磁力会作用于回路从而在回路中产生电流。当磁场（随着磁体）处在运动状态，它会在静止的回路中生成电流。这两种效应是相同的，但解释却不相同。它与相对性原理是矛盾的。后者认为，同一物理现象在不同的参考系中，物理原理是一致的。（在情形 1 中，磁场是静止的，在情形 2 中，回路是静止的。）

从何而来？

一九〇五年五月的一个早上，和贝索彻夜长谈之后，他似乎受到了某种启发："我突然找到了问题的关键。我的解决方式是重新分析时间这个概念。时间不应当以一种绝对的方式被定义，时间和信号传播速度密不可分[1]。"也就是从这一刻开始，爱因斯坦意识到时间并不是独立于空间运动的存在：时间是相对的，不是绝对的，因为只有光是绝对的，或者更确切地说，只有光速是绝对的，只有光速才是各参考系中的绝对，是独立于光源和观察者的唯一绝对。年少时萦绕心头的问题也迎刃而解了。从意大利到瑞士，他一直思考着，如果光发出光，那么这被发出的光，它的速度又是多少？答案：不变的光速，所有观察者眼中一致的光速。如果我骑着光，那么光对于我来说又是怎样的？答案：这种情况不存在。因为无论我在空间中的速度是多少，于我而言，光只会以光速前行！

一八九九年，梅特门斯特滕。爱因斯坦在这里开始思索光以太的世界。一九〇五年，他给出了答案。光以太依托的是一个绝对参照系，它的存在从根本上违背了相对论原理。爱因斯坦因此宣布了光以太的灭亡。也就是说，光的传播不需要任何特殊的介质：它源于真空，在传播中，除了自身（更确切地说，除了构成光的电磁波）的震动，不会引发任何震动。如此

1 阿尔伯特·爱因斯坦，《京都笔记》，发表于1922年12月14日的《今日物理》，第46页。被富勒辛（Albrecht Fölsing）写入《阿尔伯特·爱因斯坦自传》（*Albert Einstein*，*A Biography*，Viking，Londres，1997），第155页。

一来，光成为一种完全独立的、自主的、无介质的物理存在。

我依然站在伯尔尼钟楼前，另一个想法突然涌上心头。一九〇五年发表的前三篇文章所涉及的主题，领域迥异，互不相关：光的构成、原子、空间和时间。那么，爱因斯坦是否发现第一篇文章和第三篇文章间有某种联系？事实上，光不是单纯的波动现象，而是由光子构成的物质，这个假说已经质疑了光以太的存在：光子的传播不需要依靠介质。也就是说，关于光的构成的文章扫清了光以太的障碍，爱因斯坦向前跨越一大步，迈向了新的时空。

如何才能知道这样的跨越确实存在？在这一点上，我还没有读过令我很信服的文章（或许除了一封一九五二年爱因斯坦写给马克斯·冯·劳厄的晦涩难懂的信[1]），但我还是愿意相信光子的假说和光以太的消亡有着某种联系，愿意相信这两者之间有一种一以贯之的思路。

傍晚来临时，我决定早点返回旅店。今晚，我想要再读一遍那篇一九〇五年六月三十日寄给《物理学刊》的文章。在这

1　在这封信中，爱因斯坦对 1920 年马克斯·冯·劳厄（Max von Laue）编写的关于狭义相对论的教材修订本提出了反对意见：“当读者在浏览您关于狭义相对论的描述和考证时，会有一种感觉，认为麦克斯韦的理论无懈可击。然而早在 1905 年，我就确信麦克斯韦理论会错误地解释辐射压波动，据此也会错误地评估布朗运动，把布朗运动看作是悬浮在普朗克辐射腔上的反射镜。在我看来，对于布朗运动最好的解释，便是原子结构，而这却是和麦克斯韦理论不相容的。”（杰拉尔德霍尔顿（Gerald Holton），《荣耀着的科学，争辩着的科学，从爱因斯坦的时代到如今》，阿比（Abi Gezunt）译自英文，伽利玛出版社，巴黎，1998，p.151）

篇文章里，爱因斯坦提出了狭义相对论的雏形：《论运动物体的电动力学》[1]。毫无疑问，这篇文章不仅仅是概念上惊世骇俗的天才之作，同时也是对集体忧虑和实际秩序的忧虑的扩大版的回音。

文章的第一部分很像是一份专利文书：爱因斯坦会时不时地以第一人称的口吻书写，文章涉及的也只是最基础的数学运算，既没有脚注也没有引用其他科学文章的痕迹；作者最开始以老师自居，似乎有意在引导读者，谈及的只是非常简单的物理原理，比如钟表的运行、刻度尺以及自由运动的物体。而他所提出的问题也极其天真："当我说某一列火车在七点到达该地、该车站的时候，我想说的是什么呢？"而回答也非常明显："这意味着我手表上的小指针指向数字七这件事和火车到达这件事为同时发生的事件。"为什么一定要强调重申这个五岁小孩就可以理解的事情呢？事实上，爱因斯坦正在一点点搭建鱼梯，而那些优秀的鱼儿便可以借此穿过障碍。当时，人们在谈及不同地点钟表的同时性时，都会下意识地认为钟表相互间是静止的。爱因斯坦则假设钟表之间是相互运动的，并且一步步推理那些看似显而易见的道理。而这便是他的力量所在：启动想象，串联基本的问题，把握其中的主线，一步步推理直至得出一个新的观点，而这个新的观点就像是一种酸，又消解了之前所有的观点。

1　阿尔伯特·爱因斯坦，《论运动物体的电动力学》，《物理学刊》，op. cit., p.891—921。

第一次，我注意到爱因斯坦一直在使用一个词——“事件”，短短几段里这个词出现了十一次。在他看来，这一切不仅仅是事物和客体，而像是时间和空间中发生的事件，是原始的、粗糙的、须全心研究的、不能想当然的元素。相对论是关于事件的平铺直叙。

不知不觉间，我进入了梦乡。我沉沉地睡了过去，直到第二天早上被两个声音吵醒了。隔壁房间的两个人正在热烈地讨论着。其中一位明显年长的男人，用意大利口音解释道：

“设想您现在和朋友处在一艘巨轮上最大的房间里，您随身带着一群虫蝇蝴蝶之类的小昆虫。当这艘轮船处于静止状态时，请仔细观察：所有昆虫都以相同的速度、不同的方向在房间里飞来飞去。看清这一点之后，您以自己希望的速度使轮船前进。只要轮船保持匀速直线运动，那么您会发现房间里的一切和刚才的情形并无二致，身处房间里的您本人根本无法判断轮船是否处于运动状态。蝴蝶和虫蝇们依旧像以前一样飞来飞去，根本察觉不到一丝惊慌，比如，根本没有因为要追赶前行的轮船而被迫挤在船尾，乱作一团。”

一个带着德国口音的年轻人回应道：

“没有人会质疑这一点。从本质上看，两个相互间做匀速直线运动的参照系是等价的。也就是说，在其中一个参照系（比如，码头）和在另一个参照系（比如，轮船）上观测到的现象是一致的。在这种情况下，如果我们处在码头参照系中的话，轮船是静止还是运动都不会改变观察结果。”

年长者回应道：

“参照系？您说的参照系指的是什么？”

年轻人回答道：

“啊！所有的固体，大驳船，轮船，就是可以作为识别位置和运动标记的物体。”

“好，您就称之为参照系吧。不管怎么说，您并不质疑的这条原理，我称之为‘相对性原理’。”

“您的选择非常好。后人也沿用了这个表达方式。”

突然间，我认出了这两个人……伽利略和爱因斯坦隔着几个世纪重聚了。这两个不知道从哪里冒出来的人，正隔着时空在聊天。我继续听着：

伽利略：你们还在用这个表达吗，“相对性原理”？这让我很舒心。一个物体是静止的，还是做匀速直线运动的，在我看来最终都不重要。一艘以每小时十海里匀速直线前行的轮船和一艘静止的轮船，实验得出的结果是一样的。

爱因斯坦：我们完全同意这一点。

伽利略（着急着）：那么，您刚刚说拯救了我的理论，这又是怎么回事？威胁它的是什么？肯定有我疏忽了的东西。

爱因斯坦：我这就和您解释。如果您愿意的话，就先回到刚刚的船上。如果船长以速度 V 在甲板上前行，并且轮船以速度 W 前行，那么船长相对于河岸的速度是……

伽利略（赌气着）：很显然，V+W。年轻人啊，三百五十年前，我就注意到这一点了。运动物体的速度会叠加。不管是以速度 V 在双桅帆船甲板上前行的船长，还是以同样速度在三桅帆船上前行的蟑螂……

爱因斯坦：是的。但有一个例外，挂在桅杆上照明灯发出的光。

伽利略（跳了起来）：什么？您唱的是哪一出？

爱因斯坦：您看，光有这样一个特殊性：它的速度不会在光源的速度上继续叠加，光速是永恒不变的。轮船可以每小时航行一千海里，甚至一百万海里，但是轮船桅杆上照明灯发出的光，它的速度却不会因此叠加。它的速度还是保持不变：299792458 米 / 秒。也就是说，不管轮船是以每小时一千海里的速度航行还是静止不动，照明灯在夜晚某个时刻发出的光并不会提早到达对岸的小岛上。

伽利略：您刚刚说 299792458 米 / 秒？所以您是找到测量光速的方法了吗？我自己也尝试过，但是没成功……有一天晚上，我带着一盏灯登上了山。同时，我也请我的一位学生登上了隔壁的另一座山。我先举起自己手中的灯，当我的学生看到我的灯后立即举起自己的灯，并同时发出声音。那么我便可以记下从我举起灯到我看到学生手里的灯的这段时间。当然，这段时间基本无足轻重，但是我也知道这并不等于说光的速度无穷无尽。我们唯一可以确定的事，光的速度远远大于声音的速度。因为声音抵达的这段时间是可以测量出来的。

爱因斯坦：您没能测出光速，是因为当时的条件还不完备。这也是出生早的烦恼。但是您提出这个问题，这个行为本身是值得赞许的。

伽利略（像孩子一样兴奋起来）：您刚刚是说，每秒钟大概是三十万千米……天，确实很快，甚至可以说难以想象，却不是无尽的。但是，光速不会叠加船只的运动速度，这个理论从何而来？您又是如何知道的？

爱因斯坦：这么说吧，这是我好几年来认真思考后打的一个赌……我认为，光速是永恒不变的。怎么推导出这个结论呢？我是这样想的：假设两个人各处在一艘长达三十万千米的巨轮上。一艘停在岸边，静止不动。另一艘以每秒十五万千米的速度匀速前行。在每艘船的中央都放置一盏照明灯。在照明灯的旁边各放置一只对好时间的钟表。船长 A 站在第一艘船上，船长 B 站在第二艘船上。

伽利略（好奇地）：好的……我现在还跟得上您的思路。两个相互间运动着的“参照系”。请继续。

爱因斯坦：在实验开始前，轮船 B 正好和轮船 A 处于同一位置。船头对船头，船尾对船尾。此时此刻，各艘船上的钟表时间都为正午。这时，船长 A 和船长 B 同时点亮船上的照明灯，并马上同时熄灭两盏灯。那么，A 船上的灯光何时抵达 A 船船头？何时抵达 A 船船尾？B 船上的灯光又在何时抵达 B 船船头？又在何时抵达 B 船船尾？

伽利略（激动地）：天主圣母啊！我觉得我明白了……（一阵沉默）我明白了。圣母玛利亚啊，太疯狂了。如果我处在B船长的位置，那么光应当在半秒之后，同时抵达B船船头和B船船尾，而B船上钟表的时刻应当都是中午过半秒。对于船长B而言，这两件事是完全“同时”发生的事情。如果我处在A船长的位置，情况也是一样的，A船的光也会在半秒之后，同时抵达A船船头和A船船尾，而A船上的钟表时刻也全都是中午过半秒。

爱因斯坦：是的，是的……但是如果，如果从A船船长的角度来观察B船上发生的事情呢？

伽利略：……A船船长处在一艘静止的轮船上，看着眼前以每秒15万千米每秒前行的轮船B从眼前经过。他们在同一位置同时点燃了照明灯。但是半秒钟之后，B船的船尾已经前移了7.5万千米。也就是说，B船的船尾距离光源为22.5万千米。那么在A船长眼中，正午过半秒的那一刻，也就是光线抵达A船船头的那一刻，光线还没有抵达B船的船头。

爱因斯坦：但是对于船长B来说，当船上钟表指示正午过半秒的那一刻时，光线已经抵达了B船船头。

伽利略：我这样理解这件事：当船长A看到钟表指向正午过半秒的那一刻，船长B看到的时间为正午又四分之一秒……或者说，如果光速是恒定不变，不会随着参照系不同而发生改变的话，我们需要认识到B的时间和A的时间是不一样的！

爱因斯坦：正是这样。

伽利略：那么，船长B眼中同时发生的两件事情——光线抵达 B 船船头以及光线抵达 B 船船尾，在船长 A 眼中并不是同时发生的事情：这两件事之间有了时间差。

爱因斯坦：完全正确！

伽利略：真的是超乎寻常！我一直都相信物理原理会违背我们那些想当然的想法。物理原理不一定和现象相似，但是它们可以解释现象。早在一六〇四年，我就着手反证那些根深蒂固的伪事实。当时我也和您一样，头脑里模拟出这样一个实验，也许是世界上第一个如此设计的实验[1]，我设想所有的物体，无论质量几何，都以相同的速度降落，在当时这甚至和我们见到的事实不相符：乌木球的降落速度大于软木球。那个时候，人们问我：落体原理为什么会违背观察到的事实呢？我这样回答他们：我们需要彻底改变对事实的解读方式，我们并不是生活在真空世界里，地球引力并不是唯一存在的力；我们还需要考虑空气阻力和阿基米德浮力，这两种力会明显作用于质量轻的物体。物理原理是隐藏的原理。想要找到它们，就需要去寻找，要在理论和实验间做辩证的思考。

1　伽利略的朋友菲利波·萨尔维亚蒂（Salviati）在《关于两种新科学的演讲》提到了这件事：假设一块大石头以八档的速度降落，一块小石头以四档的速度紧随其后，如果把这两块石头绑在一起，那么这个新的共同体的前行速度将会低于八档。然而，这两块石头一旦构成一个新的整体，那么它们就比之前那块以八档速度降落的石块还要大，结果就是较大的石块前进速度低于较小石块的降落速度，这违背了您的假设。您可以看到的是，如果您的假设是质量越大的物体，速度越快，那么我就证明了质量越大的物体，速度越慢。“就这样，伽利略在没有进行具体实验的情况下，发现了这条物理原理内部的矛盾之处，也发现了肉眼观察到的现象无法支撑物理原理（除非自由落体运动发生在真空中，而当时的实验条件无法满足这一条）。

爱因斯坦：您之后的历史也证明了您是对的，啊，伽利略！我非常高兴看到在科学实验的初期，您也会从简单的例子着手，借助抽象思考来开始理论研究。这样，您就可以从简单的案例中提取经典的案例，进而进行复杂案例的研究。从童年起我就一直以您为榜样。

伽利略：我很荣幸，真的。

爱因斯坦（动容地）：您知道吗？我一直都把您看作是科学推理的创造者，把您当作是物理学的真正开创者：盲目相信以肉眼观察为基础而得出的主观结论会让我们迷失方向，让我们离物理学的真相越来越远。

伽利略：但是您又是如何想到这一点的呢？您如何想到，A 船上的时间和相对于 A 船来说移动着的 B 船上的时间是不一样的呢？

爱因斯坦：请您听我说。我这里会稍微简化一下这个过程，因为最重要的是原理以及我们处理原理的方式，不是吗？十九世纪末，物理学家们认为通过测定光速的光学实验，找到一种绝对静止的参照系，以绝对参照系为准，人们可以测定物体的绝对速度。这种参照系的存在是和您提出的相对性理论冲突的。也就是从那时起，我开始想也许我们需要进行一次深度的观念革新。

伽利略：请继续，我希望了解所有的事情。

爱因斯坦：请您先听我解释您可能忽略掉的一个点。您提出的运动学原理的基础是，物体是自由的、没有承载任何外力的物体，在这一点我们可以达成一致吗？

伽利略：没错。

爱因斯坦：那么也就是说，这些自由体的运动完全依赖于空间和时间本身。没有其他别的因素能够影响到它们的运动。换言之，做匀速直线运动的物体是时间和空间特质的直接表达。

伽利略：在这一点上，我还跟得上您的思路，虽然我没有想得这么远。

爱因斯坦：这就是您最杰出的继承人，在您去世那一天出生的艾萨克·牛顿所宣称的：时间和空间是绝对的。

伽利略：绝对的？也就是说独立于运动而存在的吗？在这一点上，我没有任何异议。

爱因斯坦：是的，但是您认为运动物体的速度是一种简单的叠加——这是您刚刚提醒我的。但是，我的假设是光的传播不遵循这一条规律，光的速度不会和光源的速度进行叠加，也就是说，光的速度是永恒不变的。

伽利略：让我来想一想……我可以这么认为，光遵循的运动规律，和普通物体，也就是物质实体所遵循的运动规律是不一样的。但是您刚刚说运动学反映的是时间和空间的特质。这就是说，物体和光所在的时空是不一样的吗？

爱因斯坦：这种推论是完全有可能的。光并不遵循物体运动学原理。但是在这一点上，我个人无法说服自己，因为我相信宇宙是和谐统一的：为什么时空特质会因为物体和光而变化呢？

伽利略：确实，这看起来很奇怪。不过，宇宙可能就是这样存在的：和其他物体比起来，光确实很不一样……

爱因斯坦：几年前，有三个人分别提出了可以和光运动相兼容的方程式。这几个人是来自都柏林的自然实验哲学教授乔治·菲茨杰拉德（George Fitzgerald），来自莱顿大学的物理学家亨德里克·安东·洛伦兹（Hendrik Lorentz）以及法国数学家昂利·庞加莱（Henri Poincaré）。他们的研究结果修正了速度叠加原理：速度不再是简单的叠加，而是一种更加微妙的组合，人们称之为洛伦兹方程。

伽利略：也就是说，我在这一点上搞错了？

爱因斯坦：是的，但是我可以向您保证：当物体的运动速度没有达到一定程度，比如光速时，洛伦兹方程得出的速度和您提出的叠加原理得出的速度是一致的。您的判断适用于我们日常生活中所遇到的情况。如果在两个速度中，其中一个速度达到了光速，比如说我们在计算一个由运动物体发射出的光的速度时，这个速度依然等于光速。

伽利略：这样啊！这就是您刚刚向我解释的事情……

爱因斯坦：是的。但是奇怪的是，洛伦兹方程是以一种奇特的方式糅合了时空。当我们从一个参照系换到另一个参照系的时候，时间似乎部分地转化成了空间，空间也部分地转化成了时间……物理学家们注意到了这一点，然而它们却无意就此深究：在他们看来，这个方程仅仅是一个方便连接相对运动物体的工具。如果这个结构存在哲学上的问题，比如说在空间中运动的物体会收缩，或者说钟表会减缓指针的运行速度，他们就会觉得这些问题已经超出了物理研究的范畴。但是对我来说，洛伦兹方程反映了更深刻、更广泛、更核心的事情。最终我明白了这样一个道理，想要合理解释洛伦兹方程，就要放弃时空绝对的想法。

伽利略（着迷地）：天，您又是怎么得出这样的结论的？

爱因斯坦：我只是做了一个简单的决定，决定认真严肃地对待这个方程式。我坚信这其中一定隐藏着被人们忽视了的物理原理。我试着想象，如果这个方程式会讲话的话，它会说些什么呢？而我听到的第一条讯息便是，没有物体的速度能达到光速，也就是说，光速是一个绝对值……

伽利略：太令人眩晕了……从速度上来看的话，光速就是一堵无法穿越的墙？

爱因斯坦：是的，我还发现，光速的不可超越性和您的后继者牛顿所提出的力学原理，二者是相冲突的。

伽利略：为什么？

爱因斯坦：因为在牛顿看来，只要持续给物体加力，物体的运动速度就会持续加快。这个过程是无限的。那么参照速度叠加原理，物体的运动速度为何无法超过光速？

伽利略：确实没有道理。从理论上看，物体的速度确实有可能是无限的……

爱因斯坦：我听到的第二条讯息是，光速是一个绝对的最大值，是独立于一切参照系的最大值。也就是说，光速不受光源运动速度以及接收光的物体运动速度的影响。这便是最关键的一点……

伽利略：怎么说？

爱因斯坦：在更换参照系的时候，如果想要保持光速恒定不变，那么就需要彻底改变您提出相对性原理的方式，与此同时保留相对性原理的核心意义：“运动是相对的。”

伽利略：您希望的是相对性原理可以囊括光速的绝对性，并且以同样的方式作用于光和普通物质？

爱因斯坦：正是如此。我提出的假设是光和普通物质没有区别，相对性原理同等地适用于光和普通物质。总而言之，是洛伦兹变换方程告诉我们，从一个参照系变换到另一个参照系时，时空数据是如何转化的：时间部分转化成空间，空间部分转化成时间。也就是说，以这种新的思路调整运动学原理。我把这种调整后的运动学原理称作狭义相对论。

伽利略：太好了！太了不起了！请告诉我，当我们在转变参照系的时候，如果时间部分转换为空间，空间部分转换为时间，那么这是否意味着空间和时间是相似的存在？

爱因斯坦：不是。时间永远不可能全部变为空间，空间也不可能全部变为时间。两者之间不存在严格的等价关系，只是一种相互依存的现象。当我们改变参照系的时候，空间和时间遵循了补偿法则。空间膨胀，时间变短。

伽利略：也就是说，在测量空间和时间的参照系中，该空间和时间是相对的。

爱因斯坦：是这样，也仅仅是这样。要注意的是，这种时间相对性并不是主观变化，不会因为观察者不同而发生膨胀或收缩。相对论不具有主观性：在某一确定的参照系中，无论是保尔、爱丽丝、于勒或是其他任何人来测定时间，都不会影响最终的结果。我们说时间在本质上是相对的，但是这种相对性只来源于时空结构本身，和观察者本身的特殊性无关；时间的相对性取决于参照系，而非个体。也就是说，在一列以一定速度行驶的火车上，时间对于每个乘客，无论其年龄、性别、精神状况如何，都是一样的，但是这个时间和轨道参照系中的时间不一样……

伽利略：好……如果我理解正确的话，列车上任意一名乘客沿着列车行驶方向发出一道光，那么，他在车厢中所看到的光速，和一位在月台上注视着这列车出站的路人眼中的光速是一样的……

听到这里，我突然醒了。令我惊讶不已的是，伽利略完全理解爱因斯坦所说的“火车”意味着什么，却下意识地会使用另一个词“车厢”。毕竟，潜意识是不会被时间、亦不会被空间所阻碍的。

我沉浸在这段不可能发生的对话里，雀跃着，暗自祈祷着这对话继续下去。

伽利略知道，和我生在同一个时代的人经常理解不了……他们深信，狭义相对论强调“一切都是相对的”，是一种基于科学因果关系的，绝对的相对主义。自相矛盾，不是吗？

加斯东·巴什拉是第一位对爱因斯坦理论感兴趣的哲学家。在他的一生中，这位哲学家不断指出人们对于相对论的误解。他曾这样写道："相对论是一种绝对论学说。相对论穿越了事物的表象，当然首先穿越了其最初的表象，但，最重要的是，它穿越了那些掌握我们后置思维能力的区域。[1]"

狭义相对论，一种绝对论？是的，当然是，并且，正因为它这种俯视一切的特质，才能够作出这样的宣判：空间和时间不过是相对的。

真正的革命，意识领域的颠覆。然而，相对论却被认为是一种简单的演化，解释起来，用的也是刚刚被它推下神坛的牛顿力学的术语。相对论问世一个多世纪以来，我们还会常常听到人们说，相对论理论认为"时间的流速取决于观察者"。这种充斥在各种教科书里的表达，却在两个地方站不住脚。首先，这种理论宣称时间和牛顿所认为的时间并无二致，除了这个时间有了流速。既然所有的速度都是变异，更精确地说是一种相对于时间的衍生，那么，在谈及时间的速度时，也就意味着存在一种相对于时间速度的时间速度的变异。这是荒谬的……其次，这种理论暗含着这样一种思路，只有一个时间，一个对所有人来说都一样的时间，只不过因为观察者不同，这个时间具有"伸缩性"。天真的人就会以为，一篇在自己房间

1　加斯东·巴什拉（Gaston Bachelard），《理性主义承诺》（*L' Engagement rationaliste*），PUF，Paris，1972，p.96—97.

里需要花费两小时才能读完的作品，如果是在一艘以十五万千米每秒速度运行的火箭上，所需要的时间便会不同。但是，不管是在自己的房间里，还是在火箭里，阅读者的手表都会显示，耗时两小时。正如相对性原理所描述的那样：一位做匀速直线运动的观察者和一位静止的观察者无异。那么，狭义相对论和牛顿力学区别又何在？只不过，乘火箭归来的阅读者，他手表上的时间已经不再是地球上的时间。因为，根据爱因斯坦的理论，每一位观察者都有属于自己的时间，也就是说属于他所在的参照系的时间。在这种情况下，改变参照系，也就是说观察者所在的参照系从地球变为同地球处于相对运动的参照系，但这决不意味着减少或是提高了对于二者而言等同的时间的速度。这只是从一个时间（比如，地球的时间）转变为了另一个与之前时间完全不同的时间（比如，火箭的时间）。根本无从谈起哪一个时间的速度更快。

因此，相对论不仅满足于相对化牛顿理论中的绝对时间（宇宙中所有时间值都是一定的），取而代之的，是一种不一致的、依赖于所处参照系而存在的多元时间系统。也就是说，这些时间系统之间并没有直接的关系，处在不同的、相互运动的空间中的观察者，他们各自所处的时间也会不断错位，也就是说会失去他们共同的尺度。爱因斯坦在他一九〇五年的文章中明确提到：在一个封闭轨道（最后会回到起点）中运行的钟表，等它回到起点时，所指示的一小时和在原地没有动的钟表指示的一小时不是同一个一小时。

我们要叹息的是“相对论”这几个字，很容易让人错误地解读相对论。事实上，相对论不是关于相对量的理论，而是关于不变性的理论。它告诉我们宇宙中什么是绝对的、不随参照系的改变而改变的存在。相对论包含的是光速的永恒不变性以及脱离观察者本身的物理学原理。

爱因斯坦也曾遗憾地表示，后悔没有将之称为不变性理论。一次次，他不得不努力辩解，却又一次次失望而归。对相对论的误解越来越深，人们把它称之为无调的音乐，抽象的画作，失去形式的文学。某一天，一位艺术史学家寄给爱因斯坦一篇名为《立体主义和相对论》的文章。在这篇文章中，艺术家把立体主义和相对论联系起来，认为无论是立体主义还是相对论，二者都“强调不同角度的同时性[1]”，爱因斯坦对此作出了回应：

> 您在文章中错误地理解了相对论。当然，这极有可能是因为相对论在普及的过程中遍布着错误。在物理学上，当我们描述一系列的事件时，我们一般都只会使用同一个参照系。相对论指的仅仅是作用于这一系列事件的物理原理，事件的形式独立于被选定的特定坐标系。这一要求和某个唯一的、具体的情景如何被呈现是没有关系的：一个多样的坐标系并不一定是相对论的呈现方式；对于相

1　保罗·拉博赫特（Paul La Porte）在文章《立体主义和相对论，附爱因斯坦的一封信》（Cubism and Relativity，with a letter of Albert Einstein）中如是记录。文章刊于《艺术期刊》（*Art Journal*，25，n°3，1966），第 246 页。

对论而言，只需要以数学的方式将它和某一坐标系建立联系，以这种方式得到的表达式将同样适用于别的坐标系。对于毕加索的画作来说，这完全是另一回事。每个人对画作的感知当然建立在个人的主观判断上，只有用不同的角度去审视画作，才能更好地从整体上理解画作。但是这和相对论本身没有任何关系[1]。

在错误地传播相对论这件事上，一九二二年四月七日《法国日报》的一篇文章创下了世界纪录。当时爱因斯坦正在访问法国，《法国日报》刊登的文章如下：

> 爱因斯坦此行教给我们的，关于事物、行为和度量的相对性，对于我们来说真的非常难以理解。但是，对于我们这些不属于数学精英的人来说，不需要达到爱因斯坦那样的高度也可以理解运行良好的金融和经济的关系，也可以感受到支出与经济好坏之间的相对性。

简而言之，我们需要爱因斯坦，以及他关于时空的复杂数学运算才能够理解，富人比穷人可以支出更多的钱……

把一种理论迁移至别的地方是一项微妙又重要的事业。微妙在于，物理学的理念还像瓷器一样脆弱。重要在于，这种操

1 同前。

作具有一定的伦理意义：我们表达事物的方式开始决定我们考虑事物的方式，如果我们错误地表达一件事，那么我们就会错误地考虑这件事；我们认为物理学表达了它没有说出的东西，而没有表达它事实上意味的东西。

我们已经看到，一些概念的迁移比另一些更恶劣。“一切都是相对的”，真的吗？不论我们处在何种测量坐标系之中，光速都是恒定不变的。仅仅这一条就证明了这句话的漏洞和矛盾。因为，如果说一切都是相对的这句话是绝对正确的，那么这句话就是它自身的受害者，也就是说绝对的……相对性。

12
$E=mc^2$ 未完待续
（1905 年 9 月）

理论和实践是两件几乎一样的事情。
然而在实践中，事情却不是这样的。

尤吉·贝拉（Yogi Berra）

伯尔尼博物馆坐落于赫尔斯蒂亚广场（La place Helvétia）5 号。爱因斯坦博物馆也设立在这里。在奇特的梦的召唤下，第二天一大早我便来到了这里。一听到他的声音（虽然我知道这只是模拟声），我便向往着可以触及他生前的物件，走过他的一生。我如坠雾中地沿着展厅浏览着，突然，墙上出现了一张大规格的相片。啊，多么熟悉的相片！那张小时候一直挂在我房间里的“第二张”相片。晚年爱因斯坦住在普林斯顿，他神态忧伤，满目憔悴。从伯尔尼神奇的一九〇五年到拍摄这张相片为止，四十五年过去了。

爱因斯坦的目光为何会发生如此大的变化？在第一张相片到第二张相片之间，在世界舞台上，不断上演的是这样的场景：一九四五年八月六日，原子弹“小男孩”在广岛六百米的高空爆炸。一道闪电过后，巨大的蘑菇云释放出可怕的威力，爆炸引发的高温使得七万五千人当场死亡，死亡人数在随后的几天里继续以数以万计的规模攀升。三天之后，具有同样破坏力的原子弹“胖子”在长崎浦上教堂上空爆炸，造成了无可估量、无法想象的灾难。

在大众的想象中，$E=mc^2$ 和核武器有着错综复杂的关联。而在历史上，这个方程式也成了爱因斯坦的污点。在很短的时间内，几乎所有人都在这一点上达成了统一。流言蜚语始于一九四五年七月十六日。那一天，第一颗原子弹在美国新墨西哥州的奥特罗县阿拉莫戈多发射场爆炸成功。在博物馆的橱窗里，我发现一本一九四六年七月一日出版的《时代周刊》，封面人物正是爱因斯坦：脸色温和，头发蓬乱，眼睛望着远方，似乎在质问着后人。他身后是升腾而起的浓烟，形似眼镜蛇的蘑菇云盘绕在上空，而 $E=mc^2$，这个等同于妖魔的方程式便刻在这里，控诉着从理论走向罪恶的物理学。“在他身后是纷乱和烈火”，第一颗原子弹爆炸后，该文章如是说，“好容易我们才认出一个腼腆的、天真的小个子男人，圣人般的脸庞上一双黑色的眼睛温情脉脉，这个人便是爱因斯坦教授。”

几年之后的一九六一年，莱奥·费雷（Léo Ferré）在歌曲《受够了》（*Y en a marre*）中，用三段论式的、简洁明了的歌词唱出了爱因斯坦和那个著名的原子弹公式："远离火炮，潜心为自己钻研的爱因斯坦先生，却发现了炸毁你们的方程式。"

然而，$E=mc^2$ 方程式和原子弹的关系，不过是火柴盒旁一根噼啪作响的小火柴，不过是画纸上一支偶然坠落的画笔。而在一九〇五年，这个方程式不过是同一个问题的衍生，是光和时空的女儿……

让我们再回到一九〇五年。沉迷于撰写相对论理论的爱因斯坦已不堪重负，精疲力竭，神经过度紧张的他不得不卧床静养。在多次拒绝后，爱因斯坦终于同意了妻子米列娃提出的度假建议。

爱因斯坦夫妇带着他们的儿子汉斯·爱因斯坦一同前往了塞尔维亚的蒂泰尔（Titel）。在这里，阿尔伯特终于见到了米列娃的父母。然而，远离伯尔尼大基地的爱因斯坦依然没有停止对思考时空和光线的思索。和丘吉尔一样，爱因斯坦工作起来虽然并不快，但他会一直不停地工作，甚至不放过休闲的时间。有一天在散步的空隙当中，他突然毫无征兆地意识到，刚刚在他的牵线下联姻成功的时空产物，竟然是这样一个奇特的存在：

"相对论和电磁方程式结合之后，意味着物体的质量是它所含能量的直接度量。"在写给好友康拉德·哈比希特的信中，他如是说，"想来，这件事情真的很好笑，天主不也正牵着我的鼻子，看着我发笑吗？在这一点上，我真的无从了解。"

几个星期之后，一九〇五年九月，他向《物理学刊》提交了这一年的第五篇，也是最后一篇文章《物体的惯性同它所包含的能量有关吗？》。何等的思维爆炸！如此之短，如此之有力：在不过三页的文章中，他给出了一个广义的示范[1]：$E=mc^2$方程式（当时，这个方程是通过别的概念[2]表达出来的）。

爱因斯坦说，请大家想象一种发射光，也就是发射电磁波的物体。比如一块发热的金属。在散热的过程中，金属损失的能量完全等于以金属为能量源的电磁波所带走的能量。这部分损失的能量没有质量，我们也可以认为对于金属而言，能量流失的过程中金属的质量并没有减小：但是，一个物体在没有辐射和质量相关的物质情况下，它的质量为何会减少呢？根据狭义相对论理论以及力学理论，爱因斯坦通过计算得出：事实上，这部分减少的质量正是电磁波所带走的能量。更准确地来说，当一个物体损失的能量值为 E 时，它的质量减少值为 E/c^2。

光速出现在这个方程式中，是因为人们认为物体在损失能量的过程中，向外发射的物质是光。爱因斯坦在此作出的另一贡献是，肯定了该方程式在没有光介入（没有发射光这个过程）的情况下依然成立。也就是说，不管物体以何种形式（是

1　1905 年前，物理学家们已经提出了类似 $E=mc^2$ 的方程式（尤其是昂利·庞加莱在 1900 年提出的方程式），然而当时的方程式只适用于特殊的情境。爱因斯坦是第一位把该方程式推而广之的物理学家。但是，随后他也意识到 1905 年论文中所提出的方程式并不完善，并于 1946 年提出了新的方程式。

2　在这篇文章中，年轻的相对论之父光速用 V 来表示光速（而不是 c），用 L 表示能量（而不是 E）。

否以光的形式）损失能量，光速都介入了该过程！

因此，此光速非彼光速。事实上，即便在光没有起任何作用的情况下，光速也参与了所有的物理过程。这样一来，光速的地位发生了质的变化。在爱因斯坦的理论中，光速已经不再是一种独特的物理现象，而成了一种宇宙间恒定的物理存在。

更有甚者。之前质量只是一个用来测定物体所含物质的数量；如今质量也可以用来测定物体所含的能量：所有物体都具有一个能量值，仅仅因为该物体具有质量。$E=mc^2$ 方程式明确地告诉人们，物体的能量值等于物体质量乘以光速的平方。在这里，光速的意义又一次发生了改变。光速的角色已经远远超过了物体发生位移时的速度，因为质量和能量之间建立的等式不牵涉任何运动：即便是静止的物体，只要它有质量便都具有能量。

您可以随手拿起厨房里的一块方糖，把它放在手心里。一块只有区区几克重的、小小的白色六边形静静地躺在那里，然而它所蕴含的能量却超过了您一生所需的能量值。一块甚至无法让您饱腹的糖，其能量却超过了广岛核爆炸所释放出来的能量（只有一克铀转换成了能量）。那么这让人不易察觉的能量来自哪里？事实上，在消化中——这是完完全全的电磁过程[1]，庞大的能量被囚禁在物质内部。这便是您在咀嚼方糖时并没有摄入以光速运转的、超大能量值的原因。说到底，您的身体不过是一个中转站。当物质穿过身体时，身体为了维持自身的新

1　消化仅仅产生化学反应，这些反应受到电磁力的指引：它们改变原子之间的连结，却丝毫不改变原子核，而原子的质量正蕴藏于核中。

陈代谢，只会吸收极其少量的能量。

在日常生活中，我们愿意相信物体的质量等于组成物体的各物质质量的总和。错了！您的身体的质量远远超过构成身体各基本粒子（夸克和电子）的质量总和。原因是构成身体的各粒子，夸克（最主要的组成部分）不断地在质子和中子内部起作用。也就是说，您身体重量的百分之九十都来自粒子的相互作用（由 $E=mc^2$ 方程式得出）。更简单地说，与其说您身体的质量是物质质量的总和，不如说成是粒子间疯狂舞蹈所释放的能量总和。

爱因斯坦于一九〇五年提出的方程式 $E=mc^2$ 方程式具有普遍的意义，它适用于所有能量交换现象。然而，这个公式丝毫没有暗示，这其中蕴含的能量可以被释放出来。更别说释放原子中的能量……因为当时，物质的基本组成单位——原子——还根本没有出现在人们的视线里！

原子弹的发明完全是另一件事。一九三八年，两位平和的科学家莉泽·迈特纳（Lise Meitner）和奥托·哈恩（Otto Hahn）在铀元素的同位素，铀 235 中发现了令人震惊的核裂变现象。想要计算出这巨大的能量，$E=mc^2$ 方程式便成为当时物理学家们首选。然而，最令人惊奇的是，铀原子在裂变的过程中，释放出的中子又会撞击别的原子，从而形成链式反应而自发裂变。

上世纪三十年代，核物理蓬勃发展。爱因斯坦也全身心地投入到了其中。然而他的脑海中时常萦绕着这样一个想法，希望能够建立一种兼容引力说和相对论的学说。所以一九三九年初，当尼尔斯·玻尔（Niels Bohr）前往拜访住在新泽西普林斯顿大学的爱因斯坦时，相对论之父只是礼貌地接待了他。几个月后，当他的匈牙利朋友利奥·西拉德（Leo Szilard）向他再次说明这一切，爱因斯坦终于睁开了眼睛，承认了核裂变的可能性。而此时，流亡在美国的恩里科·费米（Enrico Fermi）已经做好了用实验证明核裂变的准备。听完朋友的解释后，爱因斯坦惊呼："我竟然从没有想到过[1]！"直至当时，他还坚信，"想要炸开原子核，不异于在一片黑暗的地方，或者说根本没有鸟的地方打鸟"[2]……

须要即刻行动起来。得知希特勒，这个可能做出任何事情的人正在研制原子弹，爱因斯坦虽然对原子弹的调试还有怀疑，但依然认为必须向当时的美国总统解释铀的裂变、链式反应的可能性以及德国物理学家在核物理方面的进展。一九三九年八月二日，爱因斯坦在利奥·西拉德（Leo Sziland）和尤金·维格纳（Eugene Wigner）写给罗斯福·富兰克林（Franklin Roosevelt）的信上签下了自己的名字，并派另一位信得过的朋友，经济学家亚历山大（Alexander Sacha）把这封信转交给美国总统。当时，德国已经入侵波兰，英法被迫对德宣战。一九三九年十月二日，罗斯福终于在白宫接见了亚历山大。亚

1　理查德·罗德斯（Richard Rhodes），《原子弹出世记》（The Making of the Atomic Bomb，Simon and Achuster，New York，1986），第 305 页。

2　1934 年，爱因斯坦在一次美国先进科学论坛对上对弗尔辛如是说。

历山大坚持要求把这封信大声读给总统。站在伯尔尼博物馆橱窗前的我，看着眼前这一份复印版，也读了出来：

先生，

据我收到的一份手稿上，恩里科·费米和利奥·西拉德最近的研究显示，在不远的将来，铀元素将很可能转换为一种新能源。这个情况需要引起我们的警示，并且在必要的情况下，政府应当立刻采取行动。因此，我认为有必要提醒您注意以下这些事实和建议：

在过去的几个月里，来自法国的约里奥·居里和来自美国的恩里科·费米以及利奥·西拉德的研究表明，在大量的铀反应堆中，铀的裂变以及链式反应极有可能成为现实。整个过程将释放出巨大的能量和各种新的放射性元素。如今可以确定的是，在很近的将来，铀的裂变以及链式反应将具备实际可行的条件。

据此，人们很有可能将其应用到军事领域，研制一种威力巨大的新型炸弹——在这件事上，还有一些不确定性。这样的炸弹如果经轮船运至港口发生爆炸，只要一颗便可以摧毁整个港口的设施，并会波及附近的地区。因此，我们认为飞机将很难承载这样的运输任务。

美国的铀资源匮乏。加拿大和捷克斯洛伐克的储备相对很丰富，但是铀元素最丰富的地区位于比属刚果。

在这种情况下，我们希望政府可以同在美从事链式反应研究的物理学家们合作，并签订正式合同。您可以把这项任务交给一位您信任的人，以非正式的名义推行这项工作。（……）

亚历山大读完这封信后，总统很可能说了这样的话：

“亚历山大，如果我没有理解错的话，您这么做的理由是为了不让纳粹对我们进行轰炸。”

“正是如此。”亚历山大证实道。

罗斯福马上召来政府的一名参议员，坚定地对他说：

“需要采取行动。”

后来的故事大家都已经知道了。

就这样，爱因斯坦的信成了两年后“曼哈顿计划”（一九四一年，日本偷袭珍珠港之后）的导火索。讽刺的是，爱因斯坦在信上署名的那一刻，想到的只是防卫德国人：只有在德国人制造出原子弹的情况下，美国才能考虑原子弹的使用。一九四五年八月六日，当爱因斯坦从广播中得知“小男孩”在广岛爆炸，口里只能发出这几个字：“可怜的我！”震惊之下的爱因斯坦，让助理海伦·杜卡斯（Helen Dukas）以自己的名义发出了声明：“虽然教授完全了解原子弹的科学原理，但在当局提供细节前，他拒绝回应这方面的任何评论[1]。”一九二一年的日本之旅给爱因斯坦留下了深刻的印象，对于他来说，似乎

1 引自 1945 年 8 月 8 日《纽约时报》。

是自己按下了原子弹的按钮。

爱因斯坦这个孤独的人，心中却深爱着自己的人类同胞。他从未想过对人类做这样的事。研制美国第一批原子弹的朱利叶斯·罗伯特·奥本海默（Robert Oppenheimer）本人，也用“非常善良”来形容爱因斯坦：“如果用一个词来形容他对于人类问题的看法，我会选择梵语中的一个词，Ahinsa，意思是不做坏事。”原子弹的悖论在于：一位温和者的信，却间接导致了惨剧。

老年的爱因斯坦曾说，他宁愿做一个普通人，从事一份无害的工作，宁愿去做一个管道工人或者是建筑工人。如果说他发现了物质中的某些秘密，别人会继续他的工作，甚至还有一些人想用这些秘密去消灭数百万的生命和城市，这样的结果只能给他带来苦涩。一九四五年十一月，他曾经写下这样的话：

> 我并不认为自己是释放原子能之父。我在这方面的作用完全是间接的。事实上，我并不期待有生之年能看到原子能被释放出来。链式反应这一偶然的发现，完全不在我的意料之中[1]。

---

1 引自1945年11月《大西洋月刊》上《核战或和平》一文。

虽然爱因斯坦没有很快意识到核裂变的风险，但是比起同时代的人们来说，他更早地懂得了广岛和长崎核爆炸带给思想史的影响。突然之间，人类的生存状况变得更加严峻[1]。

核时代的人类，比起之前时代下的人类，必须清楚地面对这样一个问题：科技的进步会让人盲目，招致信仰的末日。一瞬间，这个人感到已经无力抓住科技最私密、最弹性的东西。

爱因斯坦的眼中，因此充满忧伤和惶恐。

---

1 历史充满了讽刺，对于爱因斯坦来说也不例外。1952 年 11 月 1 日，氢弹“麦克”摧毁了埃内韦塔克环（Enewetak）。当然这不仅仅是一次简单的摧毁，伯克利实验室对爆炸后的残余物进行了分析，研究发现爆炸导致了一系列的核反应，并形成了两种新的具有强辐射力的化学元素。第一种元素原子序为 100，被称作镄元素，第二种元素原子序为 99，被称为锿元素（一种银白色金属，英语意为爱因斯坦式元素）……这个秘密直到爱因斯坦去世后的 1955 年才被揭开。多亏了这样的考虑，否则这将压垮这个人。

13 迟到的认可

我已经不再相信那些烟花和掌声簇拥着的“重要事”。
请你相信我，在尘世间喧嚣着的人，最重要的事，
不在我们显赫的时刻，而在那些静默的时光中。

弗里德里希·威廉·尼采

我还沉浸在相片里爱因斯坦那忧伤的眼神中。隔壁的房间突然传来了爱因斯坦的声音，还有一阵阵爽朗的笑声。我好奇地走了过去，发现屏幕上放映着的是一九三九年，爱因斯坦登陆纽约时的一则录像。头发花白的爱因斯坦正自如地应对着蜂拥而至的记者们：

记者： 您如何看待禁酒令？

爱因斯坦： 我不喝酒，对我来说都一样。

人群： 哈哈哈！

记者：您可以用一句话概括相对论吗？

爱因斯坦：我要三天时间才能找到一个精简的概括。

人群：哈哈哈！

就这样，已经习惯了被人群簇拥着的爱因斯坦自如、幽默、狡黠地完成了采访。在他的笑声里，人们猜不出十年来这种如影随形的名人身份对于爱因斯坦来说是怎样沉重的负担！奇怪的是，一九〇五年，这个人却在焦急地等待着科学界哪怕一丝一毫的认可……

六个月以来，他向世界献出的理论的绝美烟花却没有得到任何回应。事实上，学术圈最开始看到的只是一团烟火。有关狭义相对论的文章发表于一九〇五年九月二十六日（发出后三个月内就已出刊），出版过程没有遇到任何阻碍。不论好坏，爱因斯坦都满心期待着能得到“专业物理学家”的意见。在随后出版的《物理学刊》里，他一篇接着一篇仔细地寻找着蛛丝马迹，未果。现在回想起来，这样的情况几乎是不可能的。我想象他会不会这样问自己：“难道我没有解释清楚吗？上天不是把我带上船了吗？难道是我自己在疯言疯语吗？”

接下来的三年里，他按部就班地过着寻常的生活。一九〇五年那些“非人类”的成绩，似乎根本无人问津。一九〇六年初，爱因斯坦从伯尔尼专利局的三级专家升为二级专家，薪水从三千五百法郎变成四千五百法郎，然而，这件事和狭义相对论毫无关联。晋升是因为弗里德里希·哈勒（Friedrich Haller）

认为，这位雇员积累了相应的工作经验和资历，可以配得上这个小小的鼓励。爱因斯坦也因此自称“专利局的笔杆子[1]”。

直到一九〇六年三月，爱因斯坦终于收到了马克斯·普朗克的一封信。四十八岁的普朗克是“量子”的发现者（无意间），同时也是普鲁士科学院的杰出成员。在这封信里，虽然普朗克的激动带着几分保留和质疑，但这份来自当代最伟大物理学家的关注让爱因斯坦重拾信心。终于，他走出了黑暗！爱因斯坦，“一个衣衫褴褛的流亡者”，普朗克，“一位声名显赫的学者”，这不禁令人赞叹，钦佩“这位完美、严肃、正直、理想、宽容，把自己的一生奉献给教堂和国家的人[2]”。同样的事情还发生在一九六四年：著名指挥家赫伯特·冯·卡拉扬（Herbert von Karajan）不辞辛苦地写信给年轻的米克·贾格尔（Mick Jagger），鼓励他在音乐道路上不断追索。

有了这份关注，爱因斯坦决定向伯尔尼大学递交申请，期望获得一份“讲师”（德语里是 privatdozent）的教职工作。然而等待他的却是行政上的烦扰：伯尔尼大学的政务规定，除了一九〇五年发表的五篇论文，他还需要再发表一篇独创论文……爱因斯坦又提交了几篇论文，从数量上来看，已经足够伯尔尼大学的要求。然而，当时的理论物理学教授保尔·格鲁纳（Paul Gruner）认为狭义相对论还“大有问题”。至于实

1　引自《爱因斯坦的私生活》第 78 页。

2　引自罗纳德·克拉克（Ronald Clark）《爱因斯坦，他的生活和他的时代》第 24 页，马克思·波恩的话。

验物理学教授艾梅·福斯特（Aimé Forster）则这样评价一九〇五年的那几篇文章："您写的东西，我一个字也理解不了。"

虽然后来爱因斯坦把这段经历当作生命中的一段小插曲，但是当时的他还是感到了十分恼火，愤怒地撤回了自己的申请。好在几个月之后的一九〇七年，第二道曙光照进了他的生命：苏黎世理工学院的数学教授赫尔曼·闵可夫斯基（Hermann Minkowski），在古腾堡召开关于相对论的讨论会，公开承认（要知道，当年爱因斯坦在这位教授的眼中，不过是一头懒惰并且倔强的驴子）自己的学生关于时空的判断完全正确，从此以后，桎梏人们的绝对时空观将成为过去，取而代之的是两者一定程度的结合（他的原话为"神圣的结合"[1]），并正式使用了"时空"这个术语。闵可夫斯基从数学的角度出发，认为时空是一种严格的四维体，在某一时刻，在三维空间中发生的事件将成为四维建构中的一个点，而一系列的事件将在时空中形成一条"宇宙线"。时空的基本特质源自时空自身所具备的几何性（更准确地说，度量几何性），这种几何性使得度量，尤其是角度和长度的度量成为可能。然而，这种度量有别于普通的空间状态下的度量：在时空情境下，曲线代表的不仅是空间中实现的路径，它的长度也暗含了这段故事自身的时间。

1　1908 年 9 月 21 日，闵可夫斯基在科隆召开了相同的会议。在会上，他使用了这个说法。1909 年，经过巴黎高师新物理学的两位学生翻译后，闵可夫斯基论文的法语版见刊。

闵可夫斯基，他正直、聪颖，有一颗常人难以企及的无私的心，用自己的名望和数学才华为学生的观点正名。爱因斯坦只听过闵可夫斯基教授的几堂课，但他清楚地知道教授整理归纳的能力……有了这份突如其来的支持，爱因斯坦于一九〇八年一月，再次向伯尔尼大学提交了申请。这一次，他还提交了一篇关于黑体能量分布的论文。对于物理学来说，这篇论文只字不提相对论，算不得旷世奇作（但就文章本身来说，也有相应的学术价值……）。二月，经过审定，伯尔尼大学认为这位候选人符合标准，通过了他的申请。

一九〇八年夏，爱因斯坦开始授课。来听他的课，是需要一定勇气的。每周二和周六早上七点，爱因斯坦将会讲授一门相当冷门的科目，热量的分子理论学……自然，学生也绝对算不得多，人数在两三个人之间浮动。其中包括他忠实的朋友贝索（每次课必到），还有他的妹妹玛雅，这个在伯尔尼准备攻读罗曼语言博士学位的姑娘。

对于爱因斯坦来说，这样有限的成功还不足以让他辞去伯尔尼专利局的工作。幸运的是，一九〇九年五月，他获得苏黎世大学助理教授一职。事实上，最初这个职位是准备给他联邦理工学院的另一位同学弗里德里希·阿德勒（Friedrich Adler）的。这位老同学当时已经是瑞士大学的一员，并且是奥地利社会民主党的创始人之子。但是这位年轻人却以一种罕见的优雅拒绝了这份工作。在写给委员会的信中，他这样说：

> 如果学校能有机会邀请像爱因斯坦这样的人来加入我们，那么让我来代替他的位置是很荒谬的……我们学校需要更多友善的政策来争取到这样的人，他的加入必将提高我们学校的整体水平。

在苏黎世，爱因斯坦的学生多了十倍。然而，整个教师群体都对他的教学方式侧目而视。对他的指责也是各式各样：在黑板前过长的自言自语，课后和学生在咖啡厅激烈的争论……对于这样的指责，他也毫无畏惧："即便是没有我，学校也已经有足够的教师了。"另外，他的着装也格格不入：衣冠不整，时常穿着短裤，手里的名片上总是堆满了认不清的笔记。最后，他似乎有意拒绝等级差异。和大学的同事讲话，难道与同看门人、女佣讲话的方式一样吗？然而质疑并不能阻碍他的观点在学术圈传播。名望就这样一点一点增长起来。

一九〇九年九月，爱因斯坦受邀出席在萨尔茨堡举办的物理大会。从多方面来看，这次大会都堪称盛会。首先，举办地设在爱因斯坦一直崇拜着的莫扎特的故乡。其次，他将同三位当时顶级的物理巨匠一同登台，为大会做主旨发言。这三位物理学家是马克斯·普朗克、马克斯·玻恩以及阿诺德·索末菲（Arnold Sommerfeld）。爱因斯坦从未见过这些人的真容，然而这一次，他竟然受邀在学科巨人面前发表主旨演讲！身在伯尔尼的米列娃也已经意识到事件的重要性。在写给一位女性朋友的信件中，她这样说；"现在，我的丈夫正在萨尔茨堡参会，并将发表主旨演讲。这是一次德国自然物理学家的研讨大会，可以说，他现在是最优秀的德国物理学家之一了。他能取得这样的成绩，我非常地高兴，因为他真的值得拥有这样的成绩[1]。”

在这次物理学大会上，爱因斯坦做了题为《自然及光构成的观念演进》的主旨发言。他提出并阐释了光的波粒二象性，并最后总结道：“我确信，我们即将迎来的是一个光理论的物理研究时代，在这个时代下，光是波动理论和粒子理论的融合体。”在讨论环节，马克斯·普朗克是第一个对此提出保留意见的人。但不可否认的是，对于理论物理研究而言，爱因斯坦的这次发言是一次决定性的突破：在最后总结的环节，相对论之父已经预感到波动理论和粒子理论是互为补充的（通常来说，尼尔斯·玻尔被认为是该学说的鼻祖[2]）。在爱因斯坦看来，我们眼前有两幅互相冲突的画面：割裂开来，没有哪一幅画面可以完整地解释光现象，只有把二者联系起来才能获得完整的解释。

马克斯·普朗克的女弟子，一位来自伯尔尼的三十一岁的奥地利年轻女子也参加了当天的会议。在那个基本没有女性

1　德姗卡，《米列娃·爱因斯坦的一生》第120—121页。

2　尼尔斯·玻尔所提出的互为补充的概念区别于通常的互补概念。在尼尔斯·玻尔的理论中，这种互补性更接近于冲突性。也就是说，人们用来分析现象的概念互相冲突，比如波动理论和粒子理论。

从事科学研究的年代，莉泽·迈特纳（Lise Meitner）已经决定把自己献给物理研究。跟随路德维希·玻尔兹曼（Ludwig Boltzmann）攻读博士学位时，这位著名的物理学家给予了莉泽最高的评价。萨尔茨堡物理年会，这场为下一个激荡时代拉开序幕的大会，给她留下了永远无法抹去的印象。而在这场大会中，令她尤为记忆深刻的，便是爱因斯坦提到的方程式 $E=mc^2$。

三十年之后，这位女科学家成为发现原子弹的核心物质——铀 235——的重要科学家。和爱因斯坦一样，莉泽本人也从未想过或是期待过会有这样的发现。当年她拒绝参与在洛斯阿拉莫斯发起的曼哈顿计划，被迫隐居在丹麦。然而直到去世，她依然背负着“小男孩”原子弹的罪名。可是在一九〇九年，谁又会料到会有这样的结局？

爱因斯坦的名望在会后迅速攀升，成为当代最重要的科学家之一。十月他收到了诺贝尔物理学奖提名。布拉格大学率先向他伸出了橄榄枝。至此爱因斯坦早年的一系列波折成为过去，迎接他的是一个崭新的学术未来。

布拉格，一个我从未去过的城市。她就像一位美丽的新娘，而我，则一直在等待一个美丽的时机。六月，一个美丽的清晨，我飞过了她的天空……

14
布拉格，上升的精神

人没有翅膀，但却不乏坠落的气力。

保罗·克洛岱尔

一九六八年，我明白了“政治”这个词的深层含义。倒不是因为当年的五月事件——对于一个十年来一直住在巴黎远郊的人，五月事件更像是一片混战；而是因为，《华沙公约》下的五国不顾季节规律，悍然出兵捷克斯洛伐克这一事件。八月三十日晚上，当捷克斯洛伐克还在盛夏的美梦中时，侵略者发起了战争的号角。

我记得《巴黎竞赛》当日的头条《苏联入侵》，还有那些约瑟夫·寇德卡（Josef Koudelka）相机下的被动应战的布拉格人。成千上万的布拉格人走上街头，忙着蒙起街头的英雄雕塑，转移路边的指示牌。有一张照片让我印象尤为深刻。一个年轻的布拉格人，直直地站在一辆苏联战车前，解开衬衣，自豪地敞开胸膛。我还记得几个月之后，有一位名为扬·帕拉赫（Jan Palach）的学生，为了反对言论管制，在温塞斯拉斯广场自焚而死。夏多布里昂曾说："自由消失的时候，国家还在，但民族已亡。"这一系列的事件给我敲响了警钟，我无法理解政治压迫，无法理解碾过赤手空拳的战车，无法理解以自由之名，对自由加以限制……

那么，"事件"到底是什么？历史学家认为，某件突然或偶然间发生的，有可能对局势造成部分影响的事情。总而言之，事件是不可预测、不可重复、无法确定的，但其本身又会打乱事情原有的态势。

相对论并不这样来定义事件，它所认为的"事件"很普通。相对论认为，一切都是事件。更准确地来说，按照相对论理论，现实中存在的元素不是事物，比如物质实体，而是时空下的事件。某一事件可以用时空中的某一点来表示，而这一个点又同时具备四个参数，空间中的三维度以及时间：17 点 21 分，我的钢笔在桌上，这是一个事件；下一秒，我的钢笔在桌上，这也是一个事件，而 17 点 22 分我的钢笔在我手里同样也是一个事件。总而言之，事件成为了一个标准，一种平淡无奇却精确的存在。事件一旦发生，就会继续在时空中存在。没有什么可以改变或是消除它。

我走在布拉格这座城市里，脑海中有一个挥之不去的想法：一九六八年发生在这里的事件，它们的痕迹几乎荡然无存。但是，在距离我某段距离的某个地方，在某个特定的时间段，这些事件已经永远地留在那里。在时空的列车上，历史是无法被抹杀的。

在布拉格舞台上演的，当然不只有一场被扼杀的春天。安德烈·布勒东曾这样说："布拉格是一座充满传奇的城市。事实上，它可以被认为是世界上为数不多的、充满诗意的、在空间上游离的城市……从远处看，一座座高耸着的钟楼，让整个城市像极了古老欧洲的神秘首都。[1]"这座城市同时也是卡夫卡的城市。神圣罗马帝国皇帝鲁道夫二世的御用数学家，著名的天文学家第谷·布拉赫（Tycho Brahé）也曾在这里度过了自己生命的最后两年。对我来说，布拉格是一座爱因斯坦生活、工作了一年多的城市。在这里，他度过了硕果累累却并不为人所知的一年。一九一一年的布拉格，是当时欧洲现代化、前卫文化的中心，天主教、新教和犹太教在这里和谐共处着。除了捷克语外，人们还会讲一点德语。

一九一〇年末，查理大学需要一名物理讲师。查理大学创立于一三四八年，是由查理六世亲手创立的、欧洲最古老的大学之一。一八八二年，查理大学进行了调整和重组，组建了

1　安德烈·布勒东（André Breton），《物体的超现实主义情况》，1935 年 3 月 29 日，在布拉格的会议，《作品全集》第二册，伽利玛，巴黎，1988。

两个不同的校区：查理大学德语校区和查理大学捷克语校区[1]。当时，多位物理学家递交了申请书，但最终查理大学选择了享誉欧洲的爱因斯坦。爱因斯坦接受了这份邀请，然而，繁琐的行政程序也接踵而来：所有的帝国公职人员都要公开自己的信仰。按照惯例，选择了“无信仰”的爱因斯坦将不能正式获得该职位。最终，爱因斯坦请辖区工作人员在这一栏里填写的是摩西教，也即当时奥地利的犹太教。

一九一一年三月，爱因斯坦带着米列娃和两个儿子——七岁的汉斯·爱因斯坦和八个月的爱德华·爱因斯坦，来到了位于伏尔塔瓦河左岸的兰斯尼克拉大街（Lesnicka）7号的公寓。捷克素以新艺术而闻名，爱因斯坦一家所在的具有新艺术风格的公寓楼，即使在一个世纪后的今天，也依然独具风味。当时，这片公寓群在司米索乌区（Smichov）的旧城边缘拔地而起，并且，马上实现了供电。

从我入住的康巴岛（Kampa）到南面的兰斯尼克拉大街只需要几分钟的水路。然而在这个七月的下午，这里却没有一

1　19世纪末，哈布斯堡王朝内部发生剧烈的动荡，在德国和捷克尤为明显。学校是这场争斗的主角，而大学因特殊的身份和地位则被称为争斗的主场。1882年，查理大学分为查理大学德语校区和查理大学捷克语校区。捷克人希望以双语的身份保留这所大学，也就是，在所有科目上设立一个德语教席和一个捷克语教席，并且在每一所学院内部设立一间会议场。德国人拒绝了这种“捷克化”，倾向单独设立另一所大学，但是这所新的大学不能享有查理大学的历史荣誉。维也纳否决了这个提议，并赋予捷克人平等组建查理大学的权利。出自马尔列拉·拉忽尔（Marlèle Laruelle），《布拉格查理大学教育史，1882—1918》，《教育史》，第86期，2000。

艘来往的船只……怎么才能去到对面呢？我能做的也只有眺望了。不管怎么说，我已经到达了一百零五年前爱因斯坦生活过的地方。这一点，已经足以令我动容。我走在人行步道上，仔细地打量着对岸的建筑物：在空间中，这座由石块和灰泥堆砌而成的建筑物并不是静止的，而是时空中的一系列的事件；它不是一种简单的三维存在，而是一种从过去某个时刻开始，随着时间不断复刻直至永远的庞大的四维存在。总之，不断的重复、不间断的复刻自身造就了它的存在。想到这里，我的心跳动着：那些持续存在的、静止的事物内部隐藏着看不到的、深刻的动力学。从事物出现的那一刻起，永不间断的时刻便驮着它们在时空中一直前行。我想起了蒙田的一句话："世界是一个永恒的跷跷板，一切都在不停地摇摆，地球、高加索的石块、埃及的金字塔，它们对外摇摆着，对内也摇摆着。所谓稳定，不过是一种柔和的摇摆。"

这座建筑物的宇宙线路曾出现过一次重大的改变：爱因斯坦诞生一百周年之际，人们在建筑物的正面、大门的左边挂上了一块青铜牌匾，还有一幅爱因斯坦的浮雕：他表情严肃，既不狡黠，也不生动。一九一二年，爱因斯坦离开了这里，一九七九年，当"他"归来的时候，却是以这样一种失败的形式。我不禁问自己，这样的考证，会不会也是一种想要干预它宇宙线路的借口？

爱因斯坦一家在这里度过了六个月。爱因斯坦很喜欢这座城市，但在全然陌生环境下，米列娃却不得不面对各种繁杂的家务，这使得她心力交瘁。爱因斯坦曾向好友贝索吐露，他们夫妻二人在这里遇到了第一次危机。

爱因斯坦选择了查理大学的德语校区。平日里，他的课都排在克莱蒙特学院（Clementinum），一座座布拉格式巴洛克风格的建筑物里。以前这里曾是附属于查理大学的一所学院。

爱因斯坦喜欢走路。有时，他会沿着左岸走过迷人的康巴岛，再从康巴岛穿过查理大桥去往克莱蒙特学院；有时，他会穿过宪兵桥，经过正对着布拉格城堡的国家剧院，沿着右岸去往学院。两条路线正好形成一个规整的、绝美的长方形。可以说没有比这更美的散步路线了。

爱因斯坦主讲力学、分子物理学以及热力学。比起在伯尔尼的经历，这一次，他的课堂非常成功。二十几个学生以及另外几个旁听生紧跟着课程。爱因斯坦课堂的迷人之处在于他与众不同的、与现实脱节、毫不浮夸却又新颖的教学方式。他致力于用最简单的逻辑方式讲述问题，随后再给出一种新颖的理解方式。接任爱因斯坦的物理学教授，著名的爱因斯坦传记作者菲利普·弗兰克（Philippe Frank）曾说："爱因斯坦的课堂幽默风趣，时不时地夹杂几个无伤大雅的玩笑，他本人时而欢快，时而惊讶，像极了一个刚拿到圣诞老人礼物的孩子。[1]"

我决定去查理大学理论物理学院走一走。物理学院地处城市高地，位于文森纳街，距离圣·卡瑟琳娜教堂两步之遥，和

1　菲利普·弗兰克，《爱因斯坦，他的生活和他的时代》（*Einstein, Sa vie et son temps*），Flammarion，巴黎，2009，p.150。

爱因斯坦一家隔河相望。

爱因斯坦办公室的窗外，正对着一个美丽的花园。繁重的工作之余，他发现在公园散步的人们明显分为两部分：上午的公园里只有女人，下午的公园里只有男人。一些人会低着头，沉浸在自己的世界中，像是思考着什么；另一些人则会聚在一起，经常聊着聊着就吵嚷起来。爱因斯坦想要一探究竟。人们告诉他，在这个公园里散步的人们是患有精神病的人。

普朗克到访的那一天，爱因斯坦正心绪烦乱，陷在光的波动理论和粒子理论中无法自拔。他指着对面的一群病人对普朗克说："不被量子力学困扰的疯子们，我只见过这些人。"

爱因斯坦决定暂时放下量子力学（十年后，他才重新开始这方面的研究），转而开始研究引力，是不是也有精神方面的担心？不管怎么说，研究重心的转变带来了新的想法和思路，为广义相对论（和 1905 年提出的狭义相对论的区别在于，广义相对论考虑了引力因素[1]）开辟了新的道路。

之前的精神病人收容所已变成了精神病院。不同的名字，不同的治疗方式……但是这里的窗户还是围着栅栏，至少有一些地方依然围着栅栏。公园已经对公众开放，我走在这里，尽量让自己看起来正常（一个宽泛的问题），按照约定俗成的说

---

1 需要澄清的是，"狭义相对论"的适用范围是普遍的。狭义相对论产生于电磁领域，但如今它已经成为所有反应学科的基础理论，包括核反应。"广义相对论"则特指引力理论，也就是一种更具体的理论。

法，我尽量不去想量子力学。我走在绿树成荫的公园里，努力回想着广义相对论的发展历程。

一九〇七年，德国物理学家约翰内斯·斯塔克（Johannes Stark）向还在伯尔尼的爱因斯坦提议，希望他可以写一篇论文来总结相对论。论文撰写的过程中总会出现新的问题，引发新的思考。对已知事物进行梳理和思考的过程，便是通往科学思维的过程：书写本身不会生产科学知识，却是产生科学知识的必要途径。因为在书写的过程中，知识可以慢慢变得条理清晰起来。正是在撰写这篇论文的过程中，爱因斯坦开始思索如何把引力融入到相对论理论中去。

一个必要而棘手的课题。按照艾萨克·牛顿的观点，空间中给定区域的物质分布的改变，会立即引起整个空间中引力场的变化，似乎是信息在全空间中以无穷大的速度传播开来那样。然而，该假设违背了光速有限这一假说，并且预设了时间的绝对性，否则，同时性将失去意义。也就是说，经典引力学理论和狭义相对论的两大原理完全冲突。

这件事反复折磨着爱因斯坦。然而在一九〇七年十一月一个明媚的白天，爱因斯坦突然有了一个“他一生中最美丽的”想法：“当时我坐在伯尔尼专利局办公室的椅子上，突然明白，一个自由降落的人，他本身不会察觉到自己的重量。这个想法紧紧地抓住了我，它让我对相对论有了新的认识[1]。”有了这场模拟降落，爱因斯坦充分地意识到了一个为所有人所熟知，但从未有人梳理过的事实：人在自由降落的过程中，所有靠近人的事物（雨伞、帽子、文件夹）会同我们一起降落，因为降落速度对于所有事物是一致的；那么，即使人仍然遵循重力规律，却会觉得在自己周围的重力消失了；似乎由于降落产生的加速度消解了当地的引力场……

梦境？遐想？刚刚在心里上演的这一幕剧，让爱因斯坦窥探到了牛顿引力定律的内涵，借以提出引力和加速度之间关系的正式表达（事实上，是一种等价表达）：如果加速度可以消解存在的引力场，那么加速度也可以在没有引力场的地方创造引力场。根据该“等效原理”，一个处于密闭电梯中的人无法判断自己所在的电梯厢是处于重力场中的静止状态，还是处在一个脱离了重力场，但受到某一方向上恒定加速度牵引的环境中。在这两种情况下，处在电梯中的人都会有“双脚着地的感觉”，如果这时候他在电梯厢中抛出一个物体，那么该物体的坠落轨迹和他在地面上抛出物体、物体坠落的轨迹完全相同。

在某种意义上，这场思想实验也是一场身体实验。我们一定还记得在阿劳“骑马”的爱因斯坦。当时的他曾设想过存在一种电磁波，后来他意识到这种电磁波对于自己而言是静止的，接着他又发现这种理论和麦克斯韦提出的电磁理论相左。

1　阿尔伯特·爱因斯坦，《相对论的基本观点和方法》，1920年未公开的手稿（纽约 Pierpont-Morgan 博物馆的影印本）。

爱因斯坦总会选择最容易入手的点来解释科学概念，瞬时间，现实裂开了缝，想法升腾而起。一旦产生新的想法，他又会孜孜不倦地进行逻辑推导，穷尽整个物理学来检验想法的连贯性和稳定性，并且不惜推翻所有看似正确的存在。于是，爱因斯坦提出拓宽相对论。狭义相对论仅仅适用于伽利略提出的参照系，也就是说只适用于匀速直线运动：要想更好地描述引力，必须引入加速参照系。

一九一一年，爱因斯坦坐在布拉格理论研究所里的一把椅子上，做出了第二个理论物理学上的重大突破。这个突破和伯尔尼那篇论文一脉相承。这一次，“等效原理”没有用来诠释自由落体或是加速运动的物体，而是用来诠释……光！现在我们来设想这样一个场景，在脱离引力场的环境下，电梯厢以一定的加速度上升；和电梯厢底部平行的一束光通过电梯厢侧壁的小孔穿过电梯厢。考虑到光速并不是无穷大，那么光抵达电梯厢另一侧就需要一定的时间。在这段时间中，电梯厢不断上升，那么光在抵达电梯厢另一侧时，就会比进入电梯厢时更接近电梯厢的底部。如果我们可以观察到光的路径图，就会发现，电梯的加速度使得光的路径发生了弯曲。那么“等效原理”在这里又该如何理解呢？爱因斯坦问自己。当电梯厢在引力场中静止不动时，光线也会发生弯曲。简而言之，和经典理论相反的是，即便对于没有重量的光，引力场也会改变它的路径！

这个观点剧烈地冲击着我们的直觉，但爱因斯坦对此的反应则相对平静。物理学不是对表面现象的雕琢，也不是对现实的抄袭。对于知识而言，物理学难道不是置于一个更高的位置吗？广义相对论的种子，在伏尔塔瓦河的两岸，从一个巨人的脑袋里发芽，沿着自己的轨道慢慢发展，最终成形。一颗飘落在宇宙中的芝麻，却深深地震动着物理世界。爱因斯坦还是以前的爱因斯坦：一旦产生一个想法，无论这个想法多么地难以接受，他都会锲而不舍，让思想的气息带着他不断向前；他就像一只伏在网上的蜘蛛，上上下下，来来回回……非常耐心地织着网。这样的思考可以发生在任何地点，并且因为其所具有的独立性，可以更真实地反映现实，进而成为下一步思考的支点。

两年后的一九一三年，关于电梯的思考依然纠缠着爱因斯坦。一九一三年八月，爱因斯坦和几个朋友在科莫湖（Côme）附近游玩，其中便有著名的玛丽·居里。当时，爱因斯坦沉浸在和玛丽的谈话中，以致不知不觉间沿着地缝，攀着岩石走了好久。突然间，他紧紧抓住年轻玛丽的胳膊，对她说："您知道吗？玛丽，我要知道电梯厢在真空里下坠时会发生什么！[1]"

一直以来我都在想，为什么这些神秘的、混合着想象和思考的思想实验会如此的有效。为什么有的时候，仅仅依靠这些思想实验，人就可以察觉到自然的秘密？我们心中真的有一双可以甄别真假，甚至否定我们的感知、指引真理的眼睛吗？爱

1 《爱因斯坦，一本传记》，op. cit.，p.325。

因斯坦也曾问过自己同样的问题："在没有实践的情况下，人类可以通过思考来认识事物的真实属性吗[1]？"或者，思考是一种可以使我们抓住事物本质的方式，而直接的观察，不过是我们带着自己的固有认识对事物进行的探索[2]？

十三岁的时候，爱因斯坦在叔叔雅各布的鼓励下，仔细研读了欧几里得几何，并革新了布莱士·帕斯卡（Blaise Pascal）的学说。对于爱因斯坦来说，这段经历非常难忘，并且对以后的生活有着重要的影响：他知道人的智力可以确定某些事物的属性。人类真的可以仅仅通过思考，便可以达到匹敌希腊人在几何学上的精确和简洁吗？

引力使光的路径发生弯曲，该如何证明这件事呢？什么样的实验路径才能确保布拉格的思想实验与事物的真实性一致呢？

普通事物的速度很少可以匹敌光速。因此在地球上，光的弯曲将很难被观测到。然而一九一一年，爱因斯坦曾经提出这样一个假设，某些恒星发出的光，在经过太阳表面附近后，可以到达地球。一般情况下，因为太阳本身的光芒，地球上的人难以观察到其他的恒星，但是日全食使得这种观测成为可能。

1　引自 R. Boriel，《数学的应用》一文，《数学》，p.184。

2　参阅艾蒂安·克莱因，《哲学杂志》，《阿尔伯特·爱因斯坦：世界真的可以被理解吗？》，第 95 期，2015—2016 年 1 月。1920 年左右，当量子力学开始研究原子和粒子运动之时，爱因斯坦开始感到不安。因为对该运动的研究将会脱离普通现实，因为它赋予了一种新的度量方式。爱因斯坦意识到，这种新的科学应当有别的科学作补充，这也是他转入经典现实研究的原因。

在这种情况下，光的弯曲有了被测量的可能性。一九一一年六月，爱因斯坦发表了《论引力对光传播的影响》[1]，并且这样解释道："在日全食期间，靠近太阳的恒星可以被观测到，届时，可以用测量的方式证实该理论。"在文章的末尾，他向天文学领域的人们提议道："即便在你们看来，这样的假设很荒诞，但是相关的尝试和验证仍然是非常值得的。"

爱因斯坦的倡议得到了响应。天文学家们预测，一九一四年八月二十一日，在克里米亚可以观测到的日全食，将会满足进行该实验的全部要求。来自波茨坦观测台的天文学家埃尔温·弗洛因德利希（Erwin Freundlich）率先组队，决定前往……然而就在这时，第一次世界大战爆发了。沙皇的军队囚禁了这位科学家以及团队的所有人，并且收缴了他们所有的仪器。

得知这个消息，爱因斯坦非常的难过："我亲爱的埃尔温·弗洛因德利希，他这一去，没能看到俄国的日全食，反倒是要在这个国家遭受牢笼之灾。我的心里全是担心[2]。"好在很快，在一次战俘交换行动中，德国以几位俄国高层军官交换了这位天文学家。一战期间，这位回到柏林的科学家一直在协助爱因斯坦的研究，并写下了《爱因斯坦引力学说基础》（*Fondements de la théorie de la graviatation d'Einstein*）。

1　阿尔伯特·爱因斯坦，《选集》，第 2 集，op. cit.，p.132—139。

2 《赤裸的权力，论战争与和平》，1914 年 8 月 14 日，爱因斯坦写给保罗·埃伦费斯特（Paul Ehrenfest）的信。

从另一个角度看，这次出征的失败也是一次机遇。当时爱因斯坦关于光线弯曲的预测——0.83 秒度的弯曲——还不够成熟，不足以得到上天的祝福。如果埃尔温·弗洛因德利希顺利出征，那么他得到的结果将会否定爱因斯坦的假设……

在捷克的时光似乎只占据了这位“流浪者”生命的一小段篇幅，似乎这段经历不过是一段无足轻重的插曲。但从几天来我和布拉格学者们的来往看，于爱因斯坦而言，一九一一年到一九一二年是一段硕果累累的时光。也正是在这段时光里，他的理论走向了引力的轨迹。与此同时在思想上，爱因斯坦有了新的突破，在学术上他还发表了十一篇重量级论文，关于量子、相对性理论和引力。

在布拉格，爱因斯坦还遇到了一些很重要的人。

每周二，爱因斯坦总会前往老城广场 17 号，富商太太贝塔·芬塔夫人（Berta Fanta）的公寓。这位夫人主动放弃犹太教信仰，转而相信科学和人类的演变，很多艺术家、知识分子，尤其是弗朗兹·布伦塔诺（Franz Brentano）的追随者们，都是这位夫人沙龙里的座上客。在这里，人们会讨论政治、哲学、文学和艺术，也会有人演奏音乐。爱因斯坦则很喜欢同钢琴演奏家奥蒂里（Ottilie Nagel）一起演奏。也是在这里，他遇到了作家马克斯·布罗德（Max Brod），还有他最好的朋友之一弗朗兹·卡夫卡（Franz Kafka）。但是，当时的卡夫卡已经多次参与过芬塔夫人的聚会，而他本人对于弗朗兹·布伦塔诺的哲学并不感兴趣，于是慢慢退出了芬塔夫人的沙龙。在芬塔夫人公寓前的牌子上，还记录着这样的话：“在芬塔夫人的沙龙里，布拉格大学教授相对论理论的创立者、诺贝尔奖获得者阿尔伯特·爱因斯坦（1911—1912）曾演奏过小提琴，并且遇到了他的两位作家朋友，马克斯·布罗德和弗朗兹·卡夫卡。”芬塔夫人的公寓前也立着爱因斯坦的半身像，和很多他的肖像一样，这个爱因斯坦神色忧伤、冰冷，比当时的他老了很多，完全不符合他本人当时的精神面貌。

他也会经常前往卢浮宫咖啡馆和蒙马特咖啡馆。在这里他总能遇到一些学者和艺术家。周末的时候，他总会登上莱特纳山（Letna）的最高点，从哈纳维斯基宫（Hanavsky）俯瞰伏尔塔瓦河，来时的一座座桥以及远处的城堡。

在这里，爱因斯坦得以沉浸在音乐的世界里。叔本华曾说，对于孤独的天才来说，只有音乐的快乐才能让他看到自己的影子。对于爱因斯坦来说，布拉格有的不仅仅是各种各样的社交生活，还有让他刻骨铭心的相遇。在这里他遇到了一位“同胞”，一位理论物理学家，而后成为了一生中最真实的朋友。爱因斯坦曾这样写道：“我对你的依赖，也许比你对我的依赖多得多。”这个人便是保罗·埃伦费斯特（Paul Ehrenfest）。

保罗·埃伦费斯特出生于一八八〇年一月十八日，和爱因斯坦年岁相仿，当时也是三十来岁。在奥地利，他曾师从著名大师路德维希·玻耳兹曼（Ludwig Boltzmann）。玻耳兹曼提出用概率计算的方式，通过构成物质的微小组成部分的特征来推断热力学规律。之后，埃伦费斯特又前往古腾堡继续深造，师从数学家费里斯·克莱因、几何理论先驱恩斯特·策梅洛（Ernst Zermelo）以及曾提出二十三个开放式数学问题的数学家大卫·希尔伯特（David Hibert）。也是在这里，他认识了一位来自俄国的、有着明媚笑容的年轻女大学生，埃伦费斯特瞬间陷入了狂热的爱情。在向美丽的女孩倾吐爱意的时候，他还要私下练习女孩的名字，尤其是她的姓：她的名字叫塔季扬娜·阿莱克西耶维纳·阿法纳斯耶娃（Tatiana Alexeyevna Afanassjewa）。一九〇四年，回到维也纳后，埃伦费斯特娶了她，而塔季扬娜也借此机会简化了自己的名字。和保罗一样，塔季扬娜也是一位物理学家。然而，物理马上殖民了两人的爱情领地：新婚的两人紧密合作，马上投入到物理学理论的研究中，尤其是对热力学数据的解读当中[1]。

对爱因斯坦取得的成果，保罗·埃伦费斯特惊叹不已，一个人在如此之短的时间内，如何能写出四篇革命性的文章？一九一二年，他连续致信相对论之父，希望能够见他。最终，爱因斯坦接受了他的请求。而他们在布拉格时空里的相遇，也成为了一件重大的事件。

爱因斯坦叼着烟，在约定的时间，约定的地点——布拉格中央车站等着他。米列娃站在他的旁边。相遇后，三人前往

1　主要指的是两人一步一步建立起宏观体系下的整体运动，比如气体的体积，以及它所决定的基础运动的数量。

咖啡馆，滔滔不绝地谈天谈地，但没有谈到科学。之后，米列娃告别了两人，回家准备晚餐。两个男人一边聊着物理学，不知不觉走到了大学。途中，暴风雨突然而至，风雨中的两人，第一反应竟然是不约而同地提高了音量！当晚，爱因斯坦有约在先，要参加四人合奏，于是嘱咐同事安东·兰帕（Anton Lampa）照顾这位全身湿透了的客人。

排练结束后，爱因斯坦返回学校接埃伦费斯特回家吃饭。凌晨一点半的时候，他们还在聊。快乐的物理学家便是这样的：当他们在谈物理的时候，一个问题总会牵扯出其他所有的问题，在荆棘丛生的地方，他们总会抽丝剥茧般揪出分枝、筋络、枝干、树干和根茎。他们可以在一个问题上精耕细作，乐此不疲。爱因斯坦曾写道："不过几个小时，我们便成为了真正的朋友，似乎我们的梦想和期待便是能够遇到彼此[1]。"在接下来的两天里，除了睡觉和一起演奏乐器（埃伦费斯特弹钢琴，爱因斯坦拉小提琴），两个人根本停不下来，一直说着话。一九一二年二月十二日，埃伦费斯特在日记里写道："是的，我们是朋友。我感到了强烈的幸福[2]。"在"因为是他，因为是我"的队伍里，蒙田和博埃蒂又多了两位信徒。

在接下来的二十年里，和茨威格与罗曼·罗兰一样，爱因斯坦和埃伦费斯特也会定期见面，并且经常写信。在同一个世

1　摘自爱因斯坦的《选集》，第 5 卷，第 215 页。

2　引自马尔丹·克莱因，《理论物理学家保罗·埃伦费斯特的诞生》（*The Making of a Theoretical Physicist*，*American Elsevier*，*1970*），第 86 页。

界里纠缠的两个人，时间和空间把他们连在了一起。两个快乐的不守规矩的人。然而悲剧的是，埃伦费斯特的内心却一直有一个隐秘的伤口，在这份美丽的友情面前，埃伦费斯特愈发受到折磨：他所知道的物理知识并不能使他成为一个创造者和设计师。“不是每个磨镜片工人都能成为斯宾诺莎。”布莱滋·桑德拉斯（Blaise Cendras）在《金子》中曾这样写道。保罗·埃伦费斯特被认为是评论者，而站在一位“天才”的旁边，他无时无刻不感到低人一等。一九二〇年，在写给爱因斯坦的信中，他向自己的好朋友坦言：“你知道吗，站在像你们一样的巨人旁边，我觉得自己像极了一只无辜的，随时都担心被碾压的青蛙[1]。”他还写道：“我能企及的，不是科学，而是一些关于物理的消遣——别人的物理。如果我不是这样的无能，或者，我没有这样的理想，那么我将会非常的幸福[2]。”

一九三三年九月二十五日，保罗·埃伦费斯特自杀身亡。得知消息的爱因斯坦被彻底地摧毁了。

很多作品都谈到爱因斯坦是一个冷酷无情的人。但是，这种说法根本禁不住事实的推敲。一直以来，这个人都在痛苦中看着亲密的人渐渐离开。然而，他又是一个不善流露感情的人，但这绝不能被解读为冷漠。在被问及个人哲学的时候，这个人曾这样回应：

---

1 1920 年 8 月 16 日，保罗·埃伦费特写给爱因斯坦的信。

2 1920 年 9 月 2 日，保罗·埃伦费特写给爱因斯坦的信。

我们凡人的一生真的很奇怪。在这短短的一程里，没有人知道此行的目的，即使有的时候，我们可以隐隐地窥测到我们的命运。生活教给我们的是，我们是为了他人而活着的，而首先是为了那些我们在意的、和我们的幸福紧紧相关的人们。

但是，在他的所行和所言之间始终要有直接的联系吗？爱因斯坦曾说，他需要保持平和，他想要工作。而他所说的话，更多时候并不是为了表达，而是为了寻求一种内心的保护：没有人见过他的妒忌、虚荣、苦涩和愤怒，像是一个对这些情绪免疫的存在。

15

大都会，兄弟情

我多么希望有这样一座岛，上面只住着善良又聪明的人们！
你们看吧，到时我也会变成一个狂热的爱国者。

阿尔伯特·爱因斯坦

一九一一年一月，爱因斯坦离开布拉格前往布鲁塞尔，参加第一届索尔维会议。会议的议题是关于马克斯·普朗克一九〇〇年末提出的光与量子。在伯尔尼的那几年，爱因斯坦会定期前往比利时，拜访自己住在安特卫普的舅舅塞萨尔·库奇（César Koch）。在整个家族里，人们都会唤塞萨尔·库奇为恺撒，爱因斯坦也非常喜爱这位“恺撒舅舅”。这便验证了这样一句话：人不怒而自威。

二〇一五年十一月，我搭乘火车前往布鲁塞尔。布鲁塞尔的气氛异常紧张。刚刚在巴黎和圣丹尼爆发的恐袭，让整个城市都戒备起来。军队包围了整个城市。

抵达布鲁塞尔后，我直接前往让·费哈德（Jean Ferrard）家。让·费哈德，这位著名的管风琴演奏家、音乐教授，便是恺撒舅舅的直系孙子。让·费哈德一家的热情友善和冷峻的形势形成了明显的反差。家里的墙上挂着作曲家们的肖像，最大的两个橱窗里摆着的都是巴赫的小雕塑。他邀请我去他二层的办公区域，堆满书籍的办公室正对着城市里郁郁葱葱的花园和参天的百岁树郁郁葱葱……我惊奇地发现这位二十世纪的泰斗，在家族里却是一个默默无闻的存在。他对我说："家庭聚会的时候，人们从来没提过阿尔伯特·爱因斯坦这个名字。"是因为一九三三年发生的事情吗？我手里捧着一大杯打着厚厚慕斯的啤酒，听让·费哈德讲着家族的故事。他递给我一张爱因斯坦的相片。这张我从未见过的相片拍摄于一九三〇年十二月一日，五十一岁的爱因斯坦看起来并不像是一位举世闻名的科学家。他继续和我说："我出生于一九四四年，他去世的时候我十一岁。按道理说，我应该可以见得到这个人，但是我从来没去过普林斯顿，而他一九三三年就再没回过欧洲。我经常会想，我应该很喜欢和他一起演奏吧。"你会想念一个你不认识的人吗？我们各自的感受在此交汇。我被让·费哈德的坦诚打动了。

大都会酒店位于布鲁塞尔市中心布鲁凯尔广场（Brouckère）。依着让·费哈德的指示，几分钟后我便来到了一座富丽堂皇的宫殿，随处可见罗马柱、拱廊、彩色玻璃、镜子、镶金的物件、巨大的水晶灯、青铜器，灰泥、珍贵的木材、铸铁……不得不说阿尔班·尚邦（Alban Chambon）的设计很宏大，并且融合了各种不同的风格：宫殿前堂和宴会厅的灵感分别源于法国与意大利的文艺复兴，待客厅则源于印度艺术，英式的书房、柚木吧台后面整齐排列着一串串沉甸甸的银钥匙……

沿着壮观的楼梯上了二楼，右侧便是宫殿的宴会厅。这里便是索尔维会议的举办地。和宫殿的其他地方比起来，它可能并没有特别之处：四十来平方米的会议室，墙上镶嵌着大理石，中间摆着一张长桌。然而在这几堵墙之间，人们却书写下了二十世纪物理史上辉煌的篇章。

这场国际会议是一种新型的国际会议，是第一场长时间的学术会议。如今我们在各种物理教科书里都会见到这一幕，二十四位顶尖物理学家齐聚一堂，留下了这张珍贵的相片：阿尔伯特·爱因斯坦、马克斯·普朗克、亨德里克·洛伦兹、让·佩兰、欧内斯特·卢瑟福（Ernest Rutherford）、保罗·朗之万（Paul Langevin）、阿诺德·索末菲（Arnold Sommerfeld）、亨利·伽莱（Henri Carré）……在这二十四位科学家中，有的已经获得了诺贝尔奖，有的即将获得诺贝尔奖。还有一位女物理学家玛丽·居里。一九〇三年，她曾和丈夫一起获得诺贝尔物理学奖。索尔维会议闭幕后的一个月，她又得知自己获得了一九一一年的诺贝尔化学奖。

比利时人欧内斯特·索尔维（Ernest Solvay）可谓是十九世纪的丰碑。这一次，他邀请到了当时最重要的物理学家齐聚大都会。一八八三年，索尔维出生于布鲁塞尔附近的一个小村庄。来自中产家庭的他，靠着创新苏打制作工艺赢得了如今的财富。他是这样的实业家，自由、乐善好施、不信教，全心信仰科学的进步。

索尔维曾经因为重病而无法继续大学的学业，但他的内心深深热爱着科学。于他而言，科学不仅仅是一种工具，更是人类物质思想解放的方式。他曾经这样说："和有知识的人相处，在可能的情况下，自己也可以获取一点知识，从物理数据中找到真实和结论，这是我一生的黄金梦想[1]。"

一九一〇年春天，柏林大学化学物理系教授瓦尔特·赫尔曼·能斯特（Walther Nernst）向索尔维提议，希望他能够组织一场关于"新物理"的国际会议，更确切地说，组织一场关于"光和量子理论"的国际会议[2]。瓦尔特·赫尔曼·能斯特认为，作为"新物理"的两大基石，爱因斯坦和普朗克应当得到认可，他们的理论应当得到传播。并且，欧内斯特本人所提出的"热量定理"，也只有在量子理论的框架下才能够成立。能够见到当时最顶尖的科学家，欧内斯特·索尔维的心里满是欢喜。

在《小世界》中，大卫·洛奇（David Lodge）曾狠狠批判过学术研讨会的弊端：听众听着，却并不往心里去，发言人读着一份听众完全可以在家里舒舒服服阅读的讲稿（或者在今

1　欧内斯特·索尔维，《化学家欧内斯特·索尔维的五十年》，收录于《欧内斯特·索尔维的演讲和信件》，第 2 卷（*Notes, lettres et discours d'Ernest Solvay*, vol.2, Lamertin, Bruxelles, 1929），第 429 页。

2　瓦尔特·赫尔曼·能斯特的提议也不是完全无私的。当时瓦尔特·赫尔曼·能斯特迫切希望得到诺贝尔奖（1920 年他获得了诺贝尔化学奖），他希望量子理论能够得到重视。

天，读着 ppt）；几次有礼貌或是例行公事的提问过后，发言人要么针对某一领域泛泛而谈，要么给出一些抽象的回应，下一位发言人再重复之前的过程。然而第一届索尔维会议以及当时的参会人则完全是另一回事。

大都会里弥漫着一种共同的狂热。几年来，动荡的物理世界正处在最关键的时期，所有人都在拭目以待。实验者们深知他们的数据将会以全新的方式被解读，理论研究者也清楚他们所珍视的理论随时都有被推翻的可能。一个未知的、辉煌的世界正在悄然到来，所有的信条都有了被质疑的可能。正论声、反论声、支持声、反对声不绝于耳。混乱却不失礼貌和创见。

总而言之，各个领域都涌现出新的观点，随处都是可圈可点的想法。

欧内斯特·卢瑟福的研究进一步证明，刚刚被发现的原子是一种复合存在：原子由密度极高的原子核以及围绕在周围的电子构成，其中原子核的密度是水密度的百万亿倍。那么，原子通过什么方式吸收和释放光呢？

当时，物理学家们只了解两种基本的粒子：一八九七年，由约瑟夫·汤姆孙（Joscph Thomson）发现的电子以及由欧内斯特·卢瑟福证实存在的质子。对于一九〇五年由爱因斯坦提出的“光子”，人们还有所迟疑[1]。在大都会里，人们讨论着：如果光子确实是由粒子构成的，那么又该如何解释光的扰动？

1　1923 年，直到他的理论被阿瑟·康普顿（Arthur Compton）的实验证明之后，人们的疑虑才消失。

由光子产生的光子，为何时而会造成光的加强，时而又会产生光的减弱？

十九世纪末，亨利·贝克勒尔（Henri Becquerel）以及居里夫妇的研究证实，虽然地球上大部分的原子都是永生的（它们总会保持自身的完整性），然而仍然有一部分原子的生命是有期限的。这一部分“有生”的原子便是放射性原子：在放射各种射线的那一刻起，它们转化成了别的原子。也就是说，通过放射行为，它们的原子性质以及化学外壳发生了改变。但是放射性物质向空间发出的放射光，它们的本质又是什么？这个问题深深困扰着与会人员。尤其令人困扰的是，人无法直接感知放射性物质所放射的光，无色、无味、无声、无息的放射光给研究造成了重重阻碍。

然而，很快，人们意识到携带正电电荷的放射光很容易受到物质的阻碍，这些放射光被称为 X 射线；而携带负电电荷的放射光则具有更强的穿透性，但是在磁铁所创造的磁场中，这些放射光又很容易发生弯曲，这些放射光被称为 β 射线；还有一些本身没有任何电荷的放射光，它们的穿透力极强，并且磁场也无法改变它们的路径，这些放射光被称为 γ 射线。但是，这些射线的能量来源是什么？来自它们自身或是外部？

索尔维会议便是人们热烈讨论这一切的契机。在踏入大都会之前，大部分的科学家只听过彼此的名字。这次会议在各个方面都是史无前例的，阿诺德·索末菲在写给妻子的信中提到：“我们每个人的房间里都有一个私人浴室和卫生间。我每天早上都会泡澡。我们是索尔维先生的客人，每一餐都是索尔维先生提供的。每顿晚餐都有不少于五道菜！太疯狂了……昨天晚上，我右边是一个法国人，左边是一个英国人，我轮流和他们两个人说话！”索尔维建立的是一种新的科学研究方式：舒适、友爱、国际化并且没有政治的烦扰。

当时，英语还没有成为国际通用语言。来自荷兰的著名物理学家，电磁理论专家洛伦兹有幸担任了大会的主席。才华横溢、善于社交的洛伦兹一边主持，一边翻译，在德语、法语、英语和荷兰语间自由转换，当发言人没能清晰表达观点的时候，他也会邀请他澄清自己的观点。理论研究者们则受益于共同的语言，数学，彼此间用公式和术语交流着。

一九〇九年，在日内瓦大学三百五十年校庆之际（约翰·加尔文于一五五九年创立），爱因斯坦和索尔维共同受邀成为该大学的荣誉博士。这便是爱因斯坦和索尔维的第一次相遇。说来，爱因斯坦险些没能赴约，因为日内瓦大学过于华丽的邀请函，以及邀请函上的“至廷斯坦先生”这几个字，让爱因斯坦把它当成广告纸丢进了垃圾桶……正是由于索尔维先生，爱因斯坦找到了自己真正的祖国，他精神的同胞们，那个用方程和概念反应物理事实的世界，那个用不同语言思考的快乐国度，那个没有国界的祖国。在布鲁塞尔，在科学家相聚的大都会，三十二岁的爱因斯坦正式进入了物理学家们的世界！

会上做出的十二篇报告均和一九〇五年发表的论文有明显的关系。一开始讨论，爱因斯坦便用幽默风趣的语言、广博的学识和深刻的分析紧紧抓住了与会人员。爱因斯坦在写给贝索的信中提到，这场会议像极了“巫师们的狂舞”[1]，并且是一群乐善好施的巫师。在这些人的推荐下，爱因斯坦获得了苏黎世大学的教职。

在这场会议上，爱因斯坦进一步拉近了与普朗克的关系。尽管二人的个性完全不同，但是他们都尊敬和仰慕着彼此。爱因斯坦这样写道：

> 普朗克最终还是接受了我的不少观点。这是一个相当真诚的人，他为别人考虑的不比为自己考虑的少……但他还是被一些陈旧的观点禁锢着。没有人能看清楚这一点。这里似乎有一种让人开心的魔力[2]。

很难想象这是两个有着不同生活态度的人。爱因斯坦是一个抽离了社会的人——而这仅仅是一个开始——并不关注诸如国家形式、社会事件之类的事情；普朗克则是一个深深扎根于民族和国家的人，有着深深的普鲁士情节。然而，比起他们对于科学和音乐的感情来说，这些不同根本无足挂齿。普朗克是一位优秀的钢琴演奏家，本人也曾创作过很多钢琴曲目。从某

---

1 1911 年 10 月 21 日，爱因斯坦写给贝索的信，引自《同贝索的信件（1903—1955）》，第 20 页。

2 1911 年 11 月，爱因斯坦写给赞格尔的信，引自《阿尔伯特·爱因斯坦，创造者和叛逆者》，第 109 至 110 页。

种程度上，他们是超越了历史和地理的同胞，是客观真实世界里最亲密的朋友。

历史的讽刺在于，对于“量子”的假说，爱因斯坦要认真得多。在普朗克看来，这不过是一些没有物理影响力的数学计算！从一开始，爱因斯坦便对量子的存在深信不疑，而这位量子的“发明者”，在一年半之后仍然对此将信将疑。在写给普鲁士皇家科学院的推荐信中，我们看到他对于量子的态度依然有所保留：

> 总之，在所有涉及当代物理的问题上，我们可以说爱因斯坦都做出了卓越的贡献。即使有时候理论也会导致投机和偏差，比如光子理论，但是我们也不能因此而责备他。在最精确的自然科学中，一切创新都有风险……即便是在他最初的作品中，他处理和研究经典理论的方式、他对假设的演示和批判，都应当被认为是大师[1]。

在抵达布鲁塞尔之前，亨利·伽莱对量子理论一无所知。在整个会议过程中，他都抱着怀疑的态度，热烈地参与了交流和讨论。一个月后，他改变了主意。亨利·伽莱用另一个优雅的定理证明了，量子理论是唯一能完美解释普朗克黑体现象的理论。这一关键性的成果之后，大部分的物理学家开始相信并

---

1 1913年6月12日，普朗克于柏林写下了这封推荐信。引自《爱因斯坦，他的生活和他的时代》，第194—195页。

认真对待量子理论。

一直以来，爱因斯坦都对玛丽·居里的才智赞叹不已。在大都会，他们之间的交往变得更加密切。回到法国后，玛丽深陷一些媒体的不实报道之中。这些媒体假定她和保罗·朗之万的不正当关系（当时，保罗和妻子分居）："外乡人""波兰女人""不守妇道的寡妇"……大都会的思想之风吹过之后，祖国的含义还停留在土地、根茎、源头里，什么都没有变，什么都是注定的。十一月二十三日，爱因斯坦写信给玛丽："如果那些疯言疯语还困扰着你的话，就别理会那些愚蠢的事情了。把它们留给杜撰这些东西的毒蛇。"

远离人类的平庸和粗俗，这便是爱因斯坦的人生信条。那时的他还不知道，对于自己来说，这有多么重要。

16

看不见的床单和滚球

相爱的平行线。哎!

阿方斯·阿莱（Alphonse Allais）

回到布拉格后，爱因斯坦逐渐认识到在经典时空理论下，想要以“等效原理”建立引力理论是很困难的。

以砸向牛顿的苹果为例，我们会更直观的明白其中的缘由。如果地球是平的，“等效原理”很容易被人接受：我们可以说在引力的作用下，苹果砸向了这个英国人的脑袋，也可以说这个英国人和地球表面以共同的加速度被抛出，和苹果产生了撞击。但是如果地球是圆的，那么“等效原理”就没有了意义：两个处于地球不同位置上的人，地球对他们的引力将来自不同的方向，也就是说，在自由落体运动中，他们并非以互相平行的方式坠落，加速度的方向也是不同的。在这种情况下，我们又该如何理解等效原理？或者说，等效原理还有意义吗？

当时爱因斯坦并不了解欧几里得几何以外的几何学（特指不承认欧几里得平行线理论的几何学[1]）。但他时常会和物理学院的同事，来自奥地利的数学家格奥尔格·皮克（Georg Pick）讨论几何学知识。格奥尔格·皮克曾是实验物理学家恩斯特·马赫（Ernst Mach）的助理，除此之外，他还是著名的小提琴演奏家。两人经常相约一起散步。据菲利普·弗兰克（Philippe Frank）的说法，爱因斯坦是在格奥尔格·皮克的建议下，开始涉猎不同的几何学知识，尤其是意大利数学家格雷戈里奥·里奇–库尔巴斯托罗（Gregorio Ricci-Curbastro）和图利奥·列维–齐维塔（Tullio Levi-Civita）的数学理论。在这些理论的启发下，爱因斯坦发现："等效原理"难道不是更适用于弹性时空吗？会不会存在像牛肉冻一般，可以微微起伏、颤抖、变形的时空？在这样的时空下，会不会更容易解释光的引力作用下发生的弯曲？

想要完成自己的工作，爱因斯坦还需要更深入地学习欧几里得以外的几何学。机会终于来了。一九一二年，苏黎世联邦理工学院理论物理学院向他伸出了橄榄枝。而他当年的好友，非经典几何学专家格罗斯曼·马塞尔（他研究了这方面所有已公布的公理）也住在这座城市。他可以帮助他，就像两个人曾坐在一起的那些旧时光……

当年十月，爱因斯坦和家人一起回到了苏黎世。在苏黎

1　该公理指的是：经过直线外一点，有且只有一条直线与已知直线平行。

世的一间阳光明媚的公寓里，他们安家了。爱因斯坦开始潜心研究十九世纪末由波恩哈德·黎曼（Bernhard Riemann）提出的弯曲空间理论。然而，黎曼本人思考的却仅仅是空间的弯曲。这一次，两个老朋友把数学家的理论推而广之，扩大到整个弯曲的时空下。一九一三年，两个人合作撰写了《广义相对论和引力理论纲要》[1]，在这篇文章中，他们提出引力并不是一种真正的力，而是时空弯曲的本地表达：狭义相对论下的宇宙几何是平坦的，从广义上来讲，宇宙几何会由于自身所含有的物质发生变形和弯曲，而这种弯曲的宇宙几何又会直接作用于物体，指引物体的运动。从这个角度来看，地球围绕太阳转动这一现象，并不是如艾萨克·牛顿所言那样是因为引力的作用，而是因为地球沿着太阳造成的变形所形成的宇宙轨迹而运行。

然而他们两人得出的方程式却是错误的。爱因斯坦在这里犯了一个直到两年后才被人发现的小错误[2]。

爱因斯坦的名望与日俱增。作为柏林大学的“猎头”，普朗克同瓦尔特·赫尔曼·能斯脱（Walther Nernst）也前来拜访他。两人承诺为爱因斯坦增加薪资，并邀请其加入普鲁士科学院，同时答应可以允许爱因斯坦专注科学研究，无须

---

1 《爱因斯坦论文集》，第 5 卷，p.302—343。

2 关于这个技术性错误的细节是这样的。格罗斯曼和爱因斯坦希望从不同的角度推导泊松方程（牛顿关于引力场的方程）。最开始，二人从协变式入手，但是爱因斯坦很快想到用协变式会过于宏大。1913 年，他曾提出“洞”理论，这更加深了他的疑虑。后来“洞”理论被证明是错的。

承担教学工作。看到爱因斯坦并没有立马答复的意思，二人于是提议乘缆车游览瑞吉峰峰顶（Rigi），俯瞰整个苏黎世城。下山后，爱因斯坦给出了自己的答案。他告诉二人，自己的答案和学术惯例无关，马上就可以看到了：如果一会儿的晚霞红里透白，那么答案就是否定的；如果一会儿的晚霞通红一片，那么他的答案就是肯定的。回家的路上，三人在码头等待着答案。当天边的火烧云连成一片时，普朗克同瓦尔特·能斯脱终于放心了。（忒修斯抛弃阿丽亚娜的故事是不是启发了他？）不过两位科学家的口头承诺还要得到普鲁士科学院的批准（二十一票赞成，一票反对），之后还需等待德国政府的批复，最后还需要威廉二世的同意。经过几个月的等待，一九一三年，爱因斯坦正式接受了邀请。那一年，他三十四岁。

昔日苏黎世理工学院的同窗路易·克罗斯（Louis Kollros）为他举办了告别晚宴。爱因斯坦说，他很高兴能够完全地投入到学术研究中，但是……他悄悄对路易·克罗斯吐露："柏林那边的人把我当作会下金蛋的母鸡。但是我自己，我不知道自己还能不能下得了金蛋[1]。"声势浩大地栖息在那里，心里却充满了悲观，甚至屈辱。

阿尔伯特和米列娃的关系在柏林达到了空前的恶化。米

---

1 引自《爱因斯坦，他的生活和他的时代》，op. cit.，p.199—200。

列娃厌恶德国，尤其是柏林，这种厌恶和少年时期爱因斯坦对柏林的感情一样。很长一段时间以来，他们的婚姻已经名存实亡。一九一四年七月，在抵达柏林的几天后，米列娃带着两个儿子回到了苏黎世。一九一九年，二人以“性格不合”宣布离婚[1]。

爱因斯坦在柏林有了第二次婚姻。一九一九年，他和一位不需要更换自己姓氏的女子结婚了：艾尔莎·爱因斯坦（Elsa Einstein）是他父亲兄弟的女儿，也是他母亲姐妹的女儿，也就是他在日耳曼的双重表亲。孩提时代，两人便经常见面，后来又失去了联系。一九一二年春，两人再次相遇了。之后，爱因斯坦住进了艾尔莎在哈伯兰大街（Haberlandstrasse）的公寓里，用他自己的话来说，住进了自己的“后宫”（艾尔莎上一段婚姻中的两个女儿依瑟和玛尔戈同他们住在一起）。从某种意义上讲，艾尔莎和米列娃是完全不一样的两个人，艾尔莎性格开朗，穿着时尚，对于科学一无所知，并且对这一点毫不避讳。一九三六年，艾尔莎在普林斯顿去世。在这之前，她一直陪伴着爱因斯坦，帮他处理着各种杂事。

在柏林，爱因斯坦全身心地投入到了引力问题的研究中。几个月来，他反复论证着表达引力关系的方程式，期望能找到合适的表达式。一九一五年十一月二十五日，他站在普鲁士科

1 米歇尔·贝索是中间人。最后，二人只在一件事情上达成了一致：诺贝尔奖的奖金（当时，爱因斯坦还没有拿到诺贝尔奖）。用于米列娃和两个儿子的日常需要。这位年轻女子一直都相信，丈夫的工作会得到世界的认可。

学院的讲台上，开始向科学院的专家们解释引力理论。

想要理解引力对时空的影响，我们需要先设想一张紧绷的床单，在床单的中央放置着一个滚球。如果我们晃动床单，床单表面就会出现起伏，床单表面起起伏伏形成波浪，床单的变形推动了滚球的运动。总之，床单的形状引领了滚球运动的轨迹。但是，滚球不是一个被动运动的物体，因为滚球本身的质量和运动也会改变床单的形状。也就是说，如果床单上有一只沿直线运动的乒乓球，那么滚球的运动也会改变乒乓球的运动轨迹。如果这是一张看不见的、静止不动的床单呢？正如牛顿所设想的那样，我们可以想象，在滚球和乒乓球之间有一种神秘的力量，这一神秘的力量把乒乓球吸到了滚球这边。爱因斯坦则彻底改变了这种观点：在他看来，乒乓球路径的改变仅仅是因为这张看不见的床单发生了形变。床单上的物质实体引发床单的几何变化，但这种变化会有一定的滞后。简言之，在爱因斯坦看来，作用于物体的引力不过是物体所处的时空几何的形变效果：时空弯曲推动了物体的运动，物体的运动反过来又改变了时空。

一个世纪后的今天，我们真的意识到这场革命了吗？我把水杯丢在了地上。这一次，我将不再重复学校里所学的知识，不再认为是地球引力把水杯吸引了过去，而是会想到地球改变了周围的空间，使得杯子沿着弯曲的时空滑梯一路向前。重力印刻在宇宙结构中：时空本身是弯曲的，即便在没有任何物质的地方。

一九一五年末，爱因斯坦轻描淡写地发表了重力理论。只有几位物理世界的同胞关注了这件事。这一年以及接下来的一年，“重力”有了另外的分量，这“重力”带着痛苦和恐怖，在战争中达到了极点。

一九一六年，爱因斯坦病了。长年累月高负荷的工作给他造成了严重的胃病，几个月里，他瘦了四十多斤。在这段时期，他又开始思索这样一个问题：一个加速运动的物体释放引力波的方式会不会等同于加速电荷释放电磁波的方式？爱因斯坦需要这种理论的“统一”，需要这种理论的和谐。很快他发现了解决这个问题的方程式，这些方程式对应地正是在时空中以光速传播的波。光在传播的过程中会撼动时空，因此也会改变两点在空间中的距离。但是，这样的波真的存在吗？

第一次世界大战结束后，爱因斯坦关于日食下光线弯曲的理论才有了被证实的机会。一九一五年十一月二十五日，爱因斯坦在普鲁士科学院宣布，靠近太阳的恒星，其光线在经过太阳表面时发生了弯曲，弯曲值为 1.75 秒度（1 度等于 60 分度，1 分度等于 60 秒度）——是一九一一年自己预测值（也是一九一四年，埃尔温·弗洛因德利希曾试图测量的值）的两倍。

剑桥天文台台长亚瑟·斯坦利·爱丁顿（Arthur Eddington）对爱因斯坦的理论非常着迷，组织了两队人马前往观察一九一九年五月二十九日的日全食。第一队人马来到了位于大西洋的一座小岛圣多美和普林西比（São Tomé-et-Principe），另一队人马前往了巴西的索布拉尔（Sobral）。观测的任务是日全食期间昴星团的位置：根据爱因斯坦的理论，对于地球上的人来说，在日全食期间，处于太阳边缘附近的昴星团，它们的视位置会发生变化。也就是说，在时空中，我们看到的昴星团的光，会因为太阳的存在而发生弯曲。

在天气状况、拍摄设备都欠佳的情况下，天文组得出的观测结果依然证实了爱因斯坦的计算。一九一九年九月二十二日，亨德里克·洛伦兹（Hendrick Lorentz）给爱因斯坦发去一封电报，告诉他人们观察到了光的弯曲："弯曲的角度初步在0.9秒度到1.8秒度之间！"收到电报的那一刻，爱因斯坦还在上课。他默默地看着这封电报，又大声读出了它。他的判断是正确的：因为时空的弯曲，光并不是沿直线传播的！对此，爱因斯坦本人却并不觉得诧异[1]，为了庆祝自己方程式的正确性，他给自己买了一把新的小提琴。五天之后，他给母亲寄了一张明信片，用一句话告诉了母亲测量的结果，并强调了两组天文工作者的价值。

一九一九年十一月六日，爱丁顿团队在伦敦柏林顿大会议

1　三十年后，在马克思·普朗克的追悼会上，爱因斯坦在颂扬前辈的功绩之后，又讲了这样一个故事："1919年日全食那晚，普朗克一晚上没有合眼，想要看日全食是否印证了我的理论。如果当时他真的理解了广义相对论，那他就会像我一样早早睡去了。"引自让-克劳德·波德诺（Jean-Claude Boudenot），《爱因斯坦如何改变了世界》(*Comment Einstein a changé le monde*, EDP Sciences, Les Ulis, 2005)，第116页。

室里，在皇家天文团成员面前公布了他们的测量结果。从这一天起，广义相对论迅速在全球传播开来。该测量结果在全球引发了空前的热情（除法国外，法国的媒体当时正在罢工）。爱因斯坦走出了普通人的世界，他是开启宇宙奥秘的钥匙："科学的革命，牛顿也黯然失色：宇宙结构的科学观点要发生变革。"(《时代周刊》)；"爱因斯坦，世界历史上伟大的新人。"(《柏林日报》)。没有驻伦敦的科学记者的《纽约时报》，两天后以惊人的题目，在专注于高尔夫球的体育记者亨利·克劳奇（Henry Crouch）提议下，报道了这件事：

天上光芒弯曲如钩
地上学者喜不胜收
关于日食的观测结果
爱因斯坦理论的胜利
天上的星星，它们不在它们看似在的地方
也不在它们被计算好的地方
但，没有人需要为此担心

爱丁顿团队的测量结果也被解读为和平的象征：第一次世界大战结束后不到一年的时间里，一位英国科学家证实了一位德国物理学家的理论，而这位物理学家刚刚否定了另一位英国科学家的成果。科学能否战胜政治的谬误？能否一次性地、永远地废除战争？

短短的几个小时里，爱因斯坦像是去到了另一个世界，躁动的、广袤的、起伏的世界。这个世界和奥林匹亚学院，和伯尔尼平静稳定的生活，和山里安静的徒步离得那么远。他穿越了上百万公里，乘着火车搭着轮船，路上时不时地打个弯，给人们带来相对论的空气。正如他自己所说的：挪威、荷兰、英国、西班牙、法国、中东、日本、锡兰、美国、中国……当时，谁敢说自己去过这么多地方？可能只有斯蒂芬·茨威格吧。

到处都是鲜花和掌声。在英国，人们称它为“耶稣之后，最伟大的犹太人”；在巴基斯坦，“圣洁的犹太人”；在奥地利，他把人们带进了一种“奇特的狂热中[1]”。当广义相对论的预测被证实时，广义相对论也赢得了史无前例的关注。铺天盖地的报道已经远远超过了科学的范畴，更像是一场巨大的文化盛宴。一天，爱因斯坦向朋友抱怨道：

> 媒体的报道给我带来了太多问题，我甚至做梦都会梦到那些数不清的邀请，我梦到自己在烤架上，而魔鬼一样的邮递员又扔给我一沓信，可我还没来得及回复之前的信件[2]。

1　引自约尔根·内夫（Jürgen Neffe），《爱因斯坦传》（*Einstein*：*A Biography*），Farrar，Straus and Giroux，New York，2005，第 310 页。

2　1920 年 2 月 2 日，爱因斯坦写给路德维希·霍普夫（Ludwig Hopf）的信，选自卡尔·西里格（Carl Seelig）的《爱因斯坦档案》（*Albert Einstein*，*eine dokumentärische Biographie*），Europa Verlag，Zurich，1954，第 196 页。

从这一刻起，阶段性地，爱因斯坦不得不被迫离开自己静谧奇幻的内在世界，置身于人类的纷扰中：眩晕光环的背后是数不清的邀约。爱因斯坦整个人都被抽空了。

奇妙的巧合：当我写下这些的时候，二〇一六年二月十一日，爱因斯坦又一次成为了媒体和世界的焦点：引力波的存在被证实了。爱因斯坦一百年前的预言成为了现实！美国激光干涉引力波天文台（LIGO）的这一突破估计也会令爱因斯坦震惊，他自己也未曾料到这样不起眼的波有一天真能被测到！有型的尺子，无论多么的精确，都无法捕捉到它的存在：引力波会使尺子变形，于是测量也就没有任何意义。想要测量引力波，人们需要的是一把不会伸缩的尺子，也就是说……光，还是光[1]！多大的讽刺！爱因斯坦从没真正相信过黑洞的存在，虽然只有在引力这种理论中，黑洞才有存在的可能性[2]。然而，只有两种这样的物质，弯曲，直到合二为一，这时它们释放出的引力波才足够强，才足够被地球所察觉[3]。

1　该仪器的精确值可以达到 10^{-19} 米，也就是说远小于质子（10^{-15}）的大小。

2　光速是一定的，如果空间膨胀的话，光到达某处的时间会变长；反之，在空间收缩的情况下，光到达某处的时间会变短。所以，当由同一束激光垂直分出两束激光重聚后，那么引力波便可以被探测到：在引力波拉伸或是缩短两束激光的空间距离时，两束激光的重聚会受到影响。

3　爱因斯坦对于黑洞有一种复杂的感情。1939 年，在一篇发表于《数学学刊》的文章里，他指出，黑洞的存在要求物体的运动速度超过光速，这在现实物理中是不存在的。

一九一九年的日食，二〇一六年的引力波，各种杂志封面上的爱因斯坦，穿越了空间，穿越了时间，已经发生的和正在发生的，过去、现在和将来都构成了一种“宇宙体”，共振着，讲述着同样真实的事件。其他事件和被称作“现在”的事件一样，在我们所处的时空里回响着。然而最终，这就是我们的存在，也只有它，我们可以称之为“现在”……

这段暂时的短路过后，二〇一六年二月十三日，《世界报》的头条赫然写着“爱因斯坦是对的”。旁边是那张著名的爱因斯坦相片，在普林斯顿饭店门口的他正对着蜂拥而上的记者吐舌头，似乎在说：“我早就和你们说过了。”

同一天，同一份报纸报道了另一则消息。前一天晚上，在南美巡演的滚石乐队于布宜诺斯艾利斯开办了演唱会。我突然像是被电击了一般：在我幼时的房间里，在爱因斯坦的两张肖像旁，还贴着摇滚乐最著名的标志——从两片厚嘴唇中伸出的舌头，米克·贾格尔（Mick Jagger）纯净的回音。

虽然这一切看起来荒诞不经，但突然间，我深深地相信爱因斯坦是一个比披头士更滚石的存在：很明显，他们都来自叛逆的国度，来自吐舌头的世界。

17

流亡前的流亡

我的生命中为何会有这么多的人
他们毫不犹豫地选择了北方
独自一人时，
却又马上转向了西方。

布莱兹·桑德拉尔（Blaise Cendrars）

一九三〇年秋，在加利福尼亚理工学院物理系教授罗伯特·密立根（Robert Millikan）的邀请下，爱因斯坦前往帕萨迪纳讲学。十一月三十日，在媒体的狂轰滥炸中，他在艾尔莎的陪同下离开了柏林。深夜，二人搭火车抵达了列日（Liège），准备着第二天和刚搬到这里的恺撒舅舅团聚。随后，二人在世纪酒店（hôtel Century）定了一间豪华套房——事实上，艾尔莎因为无法忍受丈夫的呼噜声，两人订了两间房。

十二月二日，他们登上了来自红星航运公司（Red Star

Line）的客轮“美丽国”（Belgenland）。“美丽国”是一艘重达两万七千吨的黑白客轮，配备着三个巨大的、冒着黑烟的烟囱。爱因斯坦的秘书海伦·杜卡斯[1]（Helen Dukas），以及助手瓦尔特·梅耶（Walther Mayer）也一起登上了这艘船。德国社会党党媒《人民观察家报》立即报道了这件事，并且根据爱因斯坦搭乘比利时客轮一事，控诉爱因斯坦缺乏爱国主义精神。

一九三四年后，红星航运公司已不复存在。在比利时的这段日子，我走访了其位于安特卫普港的博物馆。当年，乘客们也是在这里排着长队登上了“美丽国”。上世纪的前三十年里，安特卫普港曾是往来客轮的补给站，之后又成为乘客的落客点，来自欧洲的移民、穷人、富人都从这里开始迈向了新世界。流亡从这里开始：全身检查，强制沐浴，衣物消毒，等待，无休止的等待，焦虑和期待。黑白相片上，所有的一切都静止在一刹那。然而这虚假的平静后面，那些没有被展示出来的、没有被相片记录下来的又是什么呢？这些男男女女让我想起了还在躲避战争和政治迫害的叙利亚、利比亚和阿富汗的难民们，想起了那些在世界边缘挣扎的人们……历史总是在重演。

有一个橱窗专门用来陈列爱因斯坦穿越大西洋的事迹：大浪、飞沫、成片的海水漫入了“美丽国”。所有人都不同程度地出现晕船反应，除了爱因斯坦。对于这位习惯了航行的大

1 海伦·杜卡斯是爱因斯坦30多年的秘书，并且是其遗嘱的执行人。

海爱好者来说，“祖国正和我们一起旅行”——正如夏多布里昂所说。爱因斯坦在一九三〇年十二月九日的日记里记录到：“气象动荡，大风席卷大西洋。一阵阵猛然袭来的大浪加速撞击着客轮，我觉得整个人的重量都在摇摆、变化。纽约就在眼前。杜卡斯看起来就像一具僵尸。”[1]

加速改变重量……“等效原理”还在爱因斯坦的脑中挥之不去。每一天，他镇定地演算着，又一次次把结果扔进垃圾桶。他完全沉浸在自己的世界里：完善一年前提出的理论[2]。水手们像哨兵一样站在他的房门前，以便他可以安心进行自己的研究。

何苦一定要统一这些基本的理论？这么说吧，这是一个古老的故事。十七世纪以来，那些伟大的物理学家全都致力于统一物理学的基本原理，而正是这种努力改变了物理学的面貌和力量。伽利略统一了尘世间和月球之上的世界（当望远镜把伽利略带向月球上的山水沟谷时）；牛顿用统一的理论描述了地面和空中的运动；麦克斯韦统一了电和磁；弗劳恩霍夫（Fraunhofer）证明了地球上的物理原理也同样适用于星际空间；而爱因斯坦本人则统一了时间和空间、质量和能量、引力和加速度。我们难以接受思维的统一性以及一元论，但是无法回避想要追求统一的愿望。这种愿望扎根在人类的本性中，例子更是不胜枚举。统一性像是一种固执的信仰，一种绝对的欲望，一种对于表面多样性的抵制。爱因斯坦的追索便来自这种

1　安特卫普红星航运公司博物馆记载。

2　爱因斯坦曾专门写文章，重申了这一点。

理想和现实的撕裂。

当时，核力还没有被证实，更谈不上被描述。所以，爱因斯坦想要用一种形式来统一当时存在的两种力，引力和电磁力。他相信这两种力密切相关："光波、无线电波以及引力都以光的速度运动着，人们不能把这几种现象割裂开来。"

简言之，爱因斯坦希望用一个公式来囊括事物的自由落体、钻石的光芒、发射性物质的不稳定性、光以及无线电的传播，甚至物质的构成。离开德国之前，一位富有想象力的记者向他指出，这样的想法将会为旅行社提供诱人的视角："鉴于我们已经能够制造出保护磁场的屏障，如果说引力和电磁力在本质上是相同的话，那么我们也可以制造出抵抗引力的屏障。那么，天空中飞翔的飞机将不需要发动机，人们可以脚不离地地穿梭在摩天大楼间，月球之旅也将成为可能。[1]"

生性乐观的爱因斯坦认为需要用实验来证明他的一些理论。他希望"实验马上归于数学麾下[2]。"然而，接下来发生的事情并没有带给他快乐，甚至一直崇拜他，视他为精神之父的沃尔夫冈·欧内斯特·泡利（Wolfgang Pauli）也语带奚落地说："爱因斯坦从来不缺创造力。他用在统一各种理论上的精力，平均来说，足以每年给我们带来一种新的理论……从社会心理学的角度看，有趣的是，在它的作者看来，这种现在被研

---

1 《爱因斯坦最新理论》，发表于《大众力学》，1929 年 4 月，p.536—539。

2 《一个统一的理论：电磁学和引力》，发表于《时代周刊》，伦敦，1931 年 5 月 25 日。

究的理论一直被视为终极理论[1]。"

事实上，爱因斯坦越来越沉迷于数学的世界，渐渐地脱离了同真实的物理世界的联系。在数学的世界里，他不停地打转却找不到出口，就像是站在杰里科前的约书亚，似乎祭祀的号角被堵上了一般。

而他也和新一代物理学家（一九〇〇年后出生的一代）离得越来越远。维尔纳·海森堡（Werner Heisenberg）、保罗·狄拉克（Paul Dirac）、乔治·伽莫夫（George Gamow），当然还有沃尔夫冈·泡利，当这些新一代的物理学家在崭新的量子力学中如鱼得水时，爱因斯坦这位量子力学的奠基人（是他率先提出了光子的假设）却越来越难以接受光子的存在。他认为量子的形式或状态并不能够描述整个现实。在他的祖国，物理的世界里，他是否正在变成一个流亡的异乡人？又或是物理学正在背离自己的初衷，渐渐地和现实的事物脱节？

一九二七年，在第五届索尔维大会上，爱因斯坦和尼尔斯·玻尔针对这个问题进行了激烈的讨论：我们能否了解独立于我们的客观存在，还是会一直困在和客观的联系之中？量子理论，这种可以精确应用于微观世界中的测量理论，又会告诉我们什么样的客观真相？爱因斯坦认为，物理理论的价值不仅仅在于理论的实操性，它还应当向人们揭示事物的本质，描述客观存在独立于我们的、属于自己的结构。然而，他并不认为

1　引自《细节就是上帝》，同前，p.347。

量子理论可以做到这一点：通常来说，了解某一物理系统的境况，并不能作为其自身的量度，只能计算出某一结果的可能性；在千万种先验可能性中，人们选取的只是偶然间的测量所得。然而，好的物理理论应当消除偶然，至少可以消除偶然的结构，或是偶然的原则。量子物理诞生，对于他来说意味着量子物理无法完整描述所有物理的真相[1]。

在艰苦的研究工作之外，偶尔，他也会放松一下。圣诞节前夜，一个从来不愿意熨烫衣服的人，竟然穿上了自己的晚宴服。晚餐过后，他还当场加入了邮轮乐队，现场拉起了小提琴。

“美丽国”继续向前航行。纽约，哈瓦那，圣地亚哥，洛杉矶……在大西洋的彼岸，每一次停靠，爱因斯坦——人们心中绝对的星——都受到了当地民众狂热的欢迎。

在帕萨迪纳停留期间，爱因斯坦参观了当时世界上最大的天文台——威尔逊天文台。威尔逊天文台位于海拔 1752 米的威尔逊山上，在这里，爱因斯坦又接收到了新的信号，可以证明引力改变光的传播方向的新信号。在这里，他遇到了很多天文学家，尤其是埃德温·鲍威尔·哈勃（Edwin Hubble）。最终，在这里，他改变了自己一直以来坚持的宇宙静止的观点，开始相信宇宙不是静止不变的，而是在不断扩大的。埃德

1　尼尔斯·玻尔认为并不存在一种独立于测量仪器之外的客观存在。他曾这样说：物理理论能够做到的，只能是把实验所取得的结果囊括在相对应的物理概念中，并以此来描述物理现象。在这一点上，量子物理完美地演绎了自己的角色。在他眼里，量子力学是完美的，形式是完整的。

温·鲍威尔·哈勃通过科学的测量得出，星系间的距离越远，它们相互远离的速度越快。事实上，星系的运动变化并不是因为星系自身在运动，而是空间本身在扩大、膨胀，从而带动了星系的运动。如果可以回看宇宙的变迁，我们会看到，在遥远的过去，宇宙是一个很小、很紧密的存在。宇宙大爆炸的观点也证实来源于此。

事实上，在这之前，宇宙大爆炸的观点已经开始被人们接受。一九二二年，亚历山大·弗里德曼（Alexandre Friedmann）在《空间弯曲》这篇文章中指出，爱因斯坦广义相对论所得出的公式适用于所有运动的宇宙空间，宇宙空间所囊括的空间随着时间的变化而变化，也就是说，人可以根据某一个特例来看到宇宙可能的起源。这项工作从另一个角度打开了人们的视野，爱因斯坦的引力观使得运动宇宙成为了可能，也就是说宇宙有了历史。那么，或许会不会存在宇宙的起源？一九二七年，神父乔治·勒梅特（Georges Lemaître）率先提出了“光线增长”的假说，呼应埃德温·鲍威尔·哈勃（Edwin Hubble）提出的宇宙扩张说。一九三〇年初，乔治·勒梅特又提出了“原始原子”说。根据该学说，最初的宇宙是一个密度极大的巨型原子，原子内部不断地发生裂变。“宇宙大爆炸”的雏形受到了乔治·勒梅特同事们的质疑。爱因斯坦也批评他，认为这种观点受到了犹太基督教关于创世记的影响，从物理学的角度看完全是无稽之谈。因为宇宙演变的观点违背了爱因斯坦所秉承的客观稳定的原则——只有稳定的世界才能被恒定物理法则所支配。他提出的理论让人们看到了空间变化的可能，然而，他所信赖的宇宙模型却是静止不变的。在爱因斯坦看来，宇宙便是宇宙，为了保证宇宙的稳定性，一九一七年，他甚至在广义相对论的公式中引入了补充参数——宇宙常量——针对宇宙自身的斥力。如果该常量值能得到很好的调试，那么和该常量值相关的力便正好可以补充因为引力引起的收缩效应，宇宙的体积也因此成为一个恒定值。然而，一九三一年，爱因斯坦发表论文承认天文测量的结果很有可能是正确的，宇宙的确是在扩张。在这篇文章中，他也承认了自己的错误：出于科学的考虑，他引入了宇宙常量，但是这种考虑完全可以被解读为出于形而上的考虑。

亚瑟·爱丁顿（Arthur Eddington）让人们看到了宇宙在持续扩张，有一天，宇宙会变得很大很大，大到独裁者再也无力主宰。因为他的命令，即便是以光速下达给他的子民，也难以及时抵达辖区里最远的地方。权力终将鞭长莫及。

不幸的是，地球上国家的大小却难以满足这个条件：没有一个国家可以逃避权力对其施以的暴力。

德国便是最好的例证。

爱因斯坦和希特勒是完全不同的两种人，似乎来自完全不同的星系。希特勒上台以来，爱因斯坦又一次重申放弃德国国籍。爱因斯坦的祖国，如果真的存在这样一个地方，那么一定是一片自由的土地。这一点，他心里一直非常清楚。但从一九二二年起，他便清楚地知道：除了离开德国，自己已经别无选择。

这一年，爱因斯坦和艾尔莎再一次搭上了去往美国的汽船“奥克兰号”（Oakland），参加在大西洋彼岸举办的巡回讲座。在离开哈伯兰大街的公寓时，提着行李箱的两个人都预感到，这一次，他们将永远不会回来。

在大西洋彼岸，“绝对之星”也有几个敌人。在爱因斯坦一家的签证问题上，一小群非常激进的美国女性不断设法阻挠。她们认为，这位“和平又共产”的科学家将会威胁她们国家的建构。“爱国妇女协会”会长兰多夫夫人（Mrs Randolph Frothingham），这个曾经倡议反对赋予妇女投票权的女人，不辞辛苦地写了十六页文章，大谈“这个人”的危险性。她以嘲讽的口吻写道：“他的相对论，虽然几经证实，但于实践没有什么用处。他的理论倒是可以解答那个古老的谜语：‘如果天使不占空间的话，大头针的顶端可以容得下几位天使？’”她还补充说道，这些科学理论所涉及的观念将会对宗教造成危害，并且爱因斯坦对权威的抗拒也是不能为人所接受的。除此之外，爱因斯坦无法讲流利的英语也是他无法融入美国价值观的明证。

爱因斯坦的第一反应是放声大笑。对此，他给出了一份真诚的回应：“遭遇来自异性的这样的攻击，这还是第一次。至少，我从来没一次性拒绝过这么多的女性。一个想要贪婪吞掉顽固资本家的男人，在这些敏捷的女公民眼里，应该和喜嗜处女的牛头怪弥诺陶洛斯一样。况且这个男人还是一个极度厌恶战争、拒绝任何战争的男人。当然，除了和他妻子发生‘战争’。所以，她们想要给这个人吃闭门羹是绝对站得住脚的。美国人啊，只管听你们亲爱的穿着裙子的爱国者们的话吧！不过不要忘记，强大罗马的卡比托利欧山也是在最忠诚的鹅叫声中坍塌的[1]。”

一九三三年一月九日，爱因斯坦乘坐的奥特兰号抵达了加利福尼亚。他当下召开了记者招待会。这一次，他的话不是讲给这些女人们的。他向记者们表明，希特勒，这个平庸的人，正在利用人们的偏见和感情为所欲为，纳粹正在毁灭文明。

在德国上演的一系列事件加深了他的担心：一月三十日，希特勒出任德国首相；一个月之后，德国国会大厦（Reichstag）爆发火灾，之后，希特勒取消了宪法，颁布了军事法律，同时放任他的军队进行敲诈、抢掠、暴力和屠杀；接下来的一周，一九三三年三月五日，他在选举中得到了44%的支持率；不到一个月的时间里，希特勒控制了整个国家机器。

很久以来，爱因斯坦一直都是纳粹的眼中钉。但是突然之间，纳粹对他的迫害开始变得丧心病狂。一九三三年三月二日，《人民观察家报》公开控告爱因斯坦，冠之以“文化知性主义”“智识背叛”和“放荡的和平主义者”。几天之后，还在美国的爱因斯坦得知自己在柏林的住所遭到了纳粹的清洗。纳粹小分队以窝藏共产党枪支弹药为由，突袭他位于波茨坦附

1 引自《爱因斯坦：创造者与叛逆者》，同前，p.175—176。

近、哈佛尔河（Havel）河畔卡布斯的别墅。空手而归之后，这些人又进行了第二次仔仔细细的搜查。讽刺的是，一寸一寸地搜查过后，纳粹小分队只带走了一把面包刀。

准确地说，爱因斯坦是在这时候下定决心永不回国的。他没有感到害怕，只是觉得耻辱。德国知识分子在纳粹面前的不作为让他失望至极。

一九三三年三月十八日，夫妻二人在纽约重新登上了“美丽国”。目的地：欧洲，安特卫普。德国传媒巨头，经济农业食品部部长阿尔弗雷德·胡根贝格（Alfred Hugenberg）亲自执笔，在柏林日报刊文讨伐爱因斯坦：“我们注意到，和平主义者爱因斯坦在一次会议上，公开号召全世界抵抗德国和希特勒主义。当卑鄙的马克思主义和民主主义大放厥词之时，这只虚荣的小公鸡在不明事理的情况下对德国指手画脚。一个在我们眼中从来都不曾是德国人的人，一个一直自称犹太人的人，是不能理解德国的[1]。”

突然间，爱因斯坦的朋友，物理学家、光电效应专家菲利普·莱纳德（Philippe Lenard）也改弦易辙了。他甚至写了一篇火药味十足的文章抨击爱因斯坦：“谈及犹太人对于自然科学的危害，最好的例子当属建立在错误数学运算基础上的爱因斯坦的理论……在相对论的传播上，即便那些有着不菲成绩的科学家们也难逃其咎。把这个犹太人当作一个纯良的德国公民

1　引自阿尔弗雷德·胡根贝格在一份地方日报上的社论，1933 年 3 月 17 日。

（在科学领域内外），这些人不知道自己犯了多么重大的错误。[1]”

在大西洋上，爱因斯坦写下了辞呈，辞去了普鲁士科学院院士一职。这样，新上台的政府便失去了开除他的资格。一九三三年三月二十八日，爱因斯坦抵达了安特卫普，立马召开记者招待会，用法语宣布：“我永远都不会回去（德国）。只要我有能力，我只会留在一个尊重公民自由、包容以及在法律面前人人平等的国家。”在希特勒还没有策划焚烧炉之前，爱因斯坦已经明白，处在狂热个人崇拜之中的德国纳粹定会背叛整个世界。

第二天，他正式向德国驻布鲁塞尔领事馆返还了自己的德国护照。这本德国护照是一九一四年德国政府给予他的护照，这一天，他正式放弃了德国国籍，仅仅保留了瑞士国籍。他曾经是一个拥有双重国籍的人，从今以后，他自愿放弃这种身份。这个举动引起了德国纳粹更加狂热的报复，他们再一次指控爱因斯坦参与反对德国的运动，四月一日，爱因斯坦的财产被收缴，存款被冻结，就连人头也被标上了价格。瑞士周刊《为什么不》以惯用的语气嘲讽道：“所以，德国爱因斯坦‘自裁’了。德国人，他们，对此显得很震惊[2]。”

几天之内，爱因斯坦的人生发生了翻天覆地的变化。五十四岁的他踏上了新的人生轨迹，这一次他将远走他乡，离开那个完全无法栖居的故乡。

---

1 《人民观察家报》，1933 年 3 月。

2 1933 年 4 月 7 日的文章。

18

藏身北海
海上雄鸡

世界上有这样一些人，他们才智过人、功绩卓著，他们已经不再属于某一个国家。但是，被他们选为栖息之所的国家，却会因为他们的选择而感到由衷的自豪。

1933 年 7 月 24 日，阿尔伯特国王写给
阿尔伯特·爱因斯坦的信

爱因斯坦的人头被标上了价格，比利时的伊丽莎白王后因此忧心忡忡。在一九一九年索尔维会议期间，王后和爱因斯坦成为了朋友。爱因斯坦回到德国后，两人经常通信，并且只要有机会，两人还会在一起拉小提琴。在女王的关照下，阿瑟·德格罗德（Arthur De Groodt）教授及夫人为爱因斯坦一家返回美国提供了便利。她的朋友们已经失去了家，他们需要一处避难所。

上世纪初，奥斯坦德码头每天都有去往英国的客船。在

奥斯坦德附近，有一座名叫“海上雄鸡”的海滨浴场——在弗拉芒语里叫“德哈恩”（De Haan）。一九三三年四月一日，爱因斯坦一家住进了一栋距海几十米的小别墅——一座典型的英国诺曼底风格的小别墅，却取了一个法国南部城市的名字“萨瓦”。一九三三年九月八日之前，爱因斯坦一家一直住在这里，住在这所远离德国的小别墅里。

告别了安特卫普，我沿着海岸线前往海上雄鸣。

我闯入了尘封的“美好时代”。美丽的海滩边，爱因斯坦曾一个人，或是和同事汉斯·梅耶（Hans Mayer）结伴，慢慢踏过那些沙丘。我决定沿着他们的足迹重访这段时光。这一天，海风很急，斜坡上的灌木丛被吹得全都立了起来，像是抗拒着地球引力。望着眼前的北海，我终于明白为何画家们会舍弃艳丽的南方来到这里寻找颜色。绿色、蓝色、灰色、棕色、黄色，画板上的颜色层层叠叠，不断变幻着。在这里，颜色变得不可捉摸，神秘莫测。

离开了海滩，我沿着丢勒（Dürer）大街一直走，又转向了莎士比亚街5号，来到了“萨瓦”别墅门前。时间之箭似乎遗忘了这处庇护之地，别墅依然保持着昔日记者笔下的样子：“一座普通的舒适型别墅，全然没有一丝宫殿的影子。白色的墙壁，绿色的百叶窗，屋顶低垂至一层，很容易让人联想到家庭度假的休闲和安宁。花园的栅栏大敞开着，门口也没有门铃。要想得到主人进门的许可，你需要跨过三级台阶，走上前敲一敲那扇开着小窗、正对着客厅的门。”

凑巧的是，我在门口按到了门铃（现在，这所别墅安装了门铃）——我得知，现在房子的主人非常欢迎历史爱好者的造访……我看了看房子周围，左边是一栋名叫“童年梦想”的别墅，右边是一座名叫“小菲尔迪昂”的别墅，依然没有人居住……

冬天的德哈恩显得格外寂静。这里和阿劳、瑞士、伯尔尼的风景截然不同，完美地诠释了欧几里得公理：方形的海滩，四周没有一丝起伏，凸起的山脊为旺度山，远处的沙丘为安纳布尔纳峰（Annapurna）。

在拉伯雷的《第三本书》中，有一个词叫做“超级雄鸡”。这个词指的是：超越雄鸡之人，虚荣或是优越的人。简言之，这个词适用于所有浮夸的、自负的群体。在“海上雄鸡”之城，爱因斯坦更像是一个“非雄鸡”：保守、害羞、深居简出，在任何情况下都友善待人。每天早晨，他都会沿着一条一成不变的小路散步（他第一次走过的路），路上总会遇到一位年轻的女子，而这位年轻的女子总会对他说：“早上好，老废物。”我猜想那时的他，听到这话的时候也一定是微笑着的。他甚至喜欢上了这种节奏。他也常去“沙丘酒店”或是另一家名叫“飞扬之心”的饭店用餐。在几张照片里，他都和画家好友詹姆斯·恩索尔（James Ensor）一起坐在饭店花园里，在太阳伞下的餐桌前聊天吃饭，一起玩的还有安托妮娜·瓦朗丹（Antonina Vallentin），海伦·杜卡斯以及安娜多尔·德·蒙兹（Anatole de Monzie）。时任法国教育部长的安娜多尔·德·蒙兹专程来到这座小城，为的是给画家颁发骑士勋章。爱因斯坦也打着领带出席了典礼，然而脚下却穿着拖鞋。照片上的他笑着，但总是难掩眼中的忧伤。在“飞扬之心”的草坪上，立着一座爱因斯坦的雕像：他坐在长椅上，手里拿着一张纸、一支笔，人们甚至也可以坐在他的身旁。

爱因斯坦也是一个美食爱好者。每天下午，他都会前往美景酒店的阳台上，去品尝刚出炉的葡萄干奶油面包。在这里，他也有自己固定的桌子和习惯。

他接受了一位本地画家的邀请，做这位画家的模特。这位画家名叫阿尔方斯·布洛姆（Alfons Blomme），是罗马奖的获得者，同时主持着奥斯坦德画院。每堂课，爱因斯坦都会乖乖地前往蒙林克（Memlinck），一座山丘之上的小别墅。肖像画并不成功，却让画家十分骄傲——一位世界级巨星的友情已经是对他最大的褒奖。

爱因斯坦在德哈恩接待了很多人，尤其是作家阿道司·赫胥黎（Aldous Huxley）和神父乔治·勒梅特。在一篇回忆录中，勒梅特曾记录过这样一件趣事，讲的是几何词汇和动物词汇可以相融的故事：“有一次，爱因斯坦突然间难以把Vierbein（来源于德语 dreibein，意为‘鼎’，即四个脚）这个德语词汇翻译成法语。要知道，平日里爱因斯坦的法语已然相当不错。相对论先驱之一敦德尔（De Donder）教授脱口而出quadrupede‘四脚兽’。大家都会心一笑。随后我惊讶地听到，爱因斯坦在讲英语时也用了‘四脚兽’这个词。[1]”

也是在这里，爱因斯坦得以再次和伊丽莎白王后重聚。差不多每周，二人都会相约聊天、演奏。然而不自觉地，这样的欢快总会蒙上越来越厚重的对欧洲现实的担忧。

四月二十一日起，他决定彻底斩断同普鲁士科学院的所有联系。在诀别书中，爱因斯坦坦言："据我所知，当下的德国，许许多多的学生、学者、研究者正在失去受教育甚至生存的权利。然而整个德国学术界对此却沉默不语，熟视无睹。即便学术界有自己的苦衷，但是，我依然拒绝成为他们中的一员。[2]”

爱因斯坦在写给老朋友贝索的信中提到："俾斯麦式的恐怖，又一次给德国人带来了毁灭性的打击。"[3]

就在这一年，德国上下都燃烧着愤怒和仇恨。即便是在遥远比利时的庇护之地，生活里也并不全是温暖和友爱。时不时地，爱因斯坦总会收到辱骂的信件，甚至是死亡的威胁。对

---

1 乔治·勒梅特（Abée Georges Lemaître），《与爱因斯坦相遇》（*Rencontre avec A. Einstein*），《科学问题杂志》（Revue des questions sicentifiques），1958 年 1 月 20 日，p.130—131。

2 阿尔伯特·爱因斯坦，《我如何看待这世界》同前，p.97—98。

3 阿尔伯特·爱因斯坦，1933 年 5 月 5 日，第 176 封信，《与米歇尔·贝索的来信》（1903—1955），op. cit.，p.173。

于这样的恐吓，他一直都报以最大的漫不经心，常常称自己是纳粹最热衷厌恶的人[1]。有一次出海，当朋友们都催促他快点登上“百日草”巡逻舰，赶紧返回奥斯坦德。但爱因斯坦却不愿意听从朋友们的建议，用他自己的话说，比起坐进那艘昏暗的“利摩日船”，他更愿意搭乘布罗姆的敞篷小汽车，去感受风吹拂头发的惬意。

八月底，安托妮娜·瓦朗丹给爱因斯坦夫妇带来了一本德语杂志，上面列出了纳粹正在追捕的敌人。在爱因斯坦的相片旁边，纳粹列出了他的所有“罪行”，而第一条便是相对论。底下的评语是“未完成[2]”。当晚，艾尔莎一晚没有合眼。几个星期以来，她都和衣而睡，一点风吹草动都会立马惊醒[3]。最终，在皇室夫妇以及艾尔莎的介入下，爱因斯坦不情愿地接受了警察的保护。

在德哈恩图书馆，我看到了一封来自某位警察的报告。据这位胡先生（M.Roux）一九三三年八月十日的记载：“一九三三年四月十二日，爱因斯坦教授答应阿努尔夫中尉，出门的时候会告知中尉手下的便衣警察，以便这些人能暗中保护他。但爱因斯坦很快就忘了这件事。好几次，在没有通知任何人的情况下，他都在半夜两三点出门去大坝散步。”晚上工作的时

1　朱根·奈夫（Jürgen Neffe），《爱因斯坦的一生》，op. cit.，p.285。

2　同时，有流言称一家名叫“Vehme”的地下纳粹公司明码标价、悬赏拿下爱因斯坦脑袋的人。比利时报纸（例如：9月8日，《夜晚》《人民》《自由比利时》《独立比利时》《最后一小时》，9月9日，《墨兹》）争相报道了这件事。

3　安托妮娜·瓦朗丹（Antonina Vallentin），《爱因斯坦的悲剧》op. cit.，p.231。

候，爱因斯坦完全不会采取任何安全措施，经常是房门大开。这一切都让努尔夫中尉非常的担心。在报告中，他特意提到："教授的书房就在面对着大街的一楼，往来非常方便……"

爱因斯坦只是不愿意用自由去交换安全。哪怕是用一千克的安全来交换一克的自由。在他眼中，这两种物质是完全不同的物质，不适用于任何"等效原理"。他向《新闻周刊》吐露："安全是让人无法忍受的。警察们就睡在楼梯里，警队在花园里巡逻，我的妻子也生活在恐惧中。"[1]

爱因斯坦明白德国已经万劫不复，最坏的已然在路上。他知道自己决不能向希特勒作任何妥协，因为希特勒想要的是战争。与其说这是爱因斯坦突然间的领悟，不如说是他反复确认后的心声。而这也直接改变了他对于"兵役"的看法。一九三〇年，当他第一次去美国的时候，他曾反复表达过自己的想法："只要有百分之二的人站出来，拒绝服兵役，并且决心以和平的方式解决国际争端，那么政府就会对此作出妥协[2]。"在到达德哈恩的一年前，当他路过日内瓦时，再次表达了拒绝服兵役的决心，并且拒绝参与所有军工弹药的制造[3]。在这一点上，他似乎是不可动摇的。直到希特勒上台之后。

当时，他收到了阿尔伯特国王的邀请函，希望能在宫殿

1 《比利时：爱因斯坦，害怕纳粹，逃往英国》，《新闻周刊》，1933 年 9 月 16 日。
2 《阿尔伯特·爱因斯坦的一生》op. cit.，p.635。
3 引自阿尔伯特·爱因斯坦的演讲《裸权，关于战争与和平的演讲》，op. cit.，p.96。

接见他。在一件“紧急的事件”上，国王想要听取爱因斯坦的意见。比利时保守派将领米歇尔·德约（Marcel Dieu）以及莱奥·坎皮恩（Léo Campion）递交了拒绝服兵役的文书。七月十九日，这两位将领即将面临布拉邦军事法庭的审判。回到德哈恩后，爱因斯坦致信国王：一方面，拒绝服兵役的人绝不能被当作罪犯；另一方面，面对好战的德国，比利时完全有正当的理由组建自卫军队。

保尔·诺文（Paul Nahon）是一位年轻的法国和平主义者，他表示不愿为“拒绝服兵役事件”出庭。七月二十日，爱因斯坦回复了这位向他求助的年轻人：“我可以很坦白地和您说这件事：在现在的情况下，如果我是比利时人，我不会拒绝服兵役；我会自愿接受这件事。对于我来说，这是为了守护欧洲文明而战。”

和平主义者爱因斯坦也是相对的。这个转变激起了国内媒体的热烈讨论：比利时自由派周刊《红与黑》发表了题为《改变了的爱因斯坦》的报道；极右保皇派媒体《民族军团》则破口大骂（《爱因斯坦变了，懦弱的和平主义者们该何去何从？》）。

他向海伦·杜卡斯坦诚道：“反军国主义者们不停地攻击我，认为我是可怕的叛徒。他们真的要睁开眼睛好好看看，他们已经被天堂赶出来了[1]。”说着这些话的爱因斯坦，很快就要永远地离开比利时，离开欧洲了。一九三三年十月三日，在去

1　引自阿尔伯特·爱因斯坦的演讲《裸权，关于战争与和平的演讲》，op. cit.，p.96。

往美国的前四天，爱因斯坦在伦敦皇家阿尔伯特音乐厅发表演说，声援难民。一千多人前来听会：

> 我们祖先曾不顾一切地为自由而战。如今，甚至"自由"这个概念本身也已经岌岌可危。我们不得不奋起反抗，和那些威胁知识自由和个人自由的行为抗争。
>
> 如果没有这份自由，就没有莎士比亚，没有歌德，没有牛顿，没有法拉第，也没有巴斯德[1]。

接下来的二十二年里，爱因斯坦一直住在普林斯顿。大西洋，是他能接受范围内和纳粹最近的距离。从此，爱因斯坦成为美国公民，再没踏上欧洲这片旧大陆。

一九五〇年，在七十一岁生日宴上，爱因斯坦向罗伯特·奥本海默（Robert Oppenheimer）吐露："您看到了吧，如果一个人注定要完成一些事情的话，他的一生都会变的稀奇古怪[2]。"这些话是什么意思呢？会不会和十七年前他在德哈恩做出的决定有关？他决定永远定居美国，成为了难民国里的难民。

---

1 引自阿尔伯特·爱因斯坦的演讲《裸权，关于战争与和平的演讲》，op. cit.，p.97。

2 引自罗伯特·奥本海默的一篇文章《20世纪传道书》（*L' Ecclésiaste au XXe siède*）。

19
无国之民

我是一个真的“孤独旅者”。我从没找到自己栖息地。
它不在我的祖国那里，不在我的家园那里，
不在我的朋友那里，甚至也不在我的亲人那里。

阿尔伯特·爱因斯坦

界定某个人地理身份的尺度似乎永远都不会过时，每个人都拥有某个时代下的地理坐标。用夏尔·佩吉（Charles Péguy）的话来说，就是“一个人灵魂和肉体所处的位置，他所生活的范围”。

爱因斯坦却是个例。他用自己的存在诠释了“没有坐标的天才[1]”。

一九三三年七月，在途经英国时，爱因斯坦受朋友邀请

1　这个词来自于爱德蒙·雅贝斯（Edmond Jabès）《问题之书》（*Le Livre des questions*，Gallimard，“L’Imaginaire”，Paris，1900，p.283）。

参加了一场晚宴，英国前总理大卫·劳合·乔治（David Lloyd George）也在席间。晚宴结束后，受邀出席晚宴的嘉宾都将收到一份荣誉证书。在地址一栏中，爱因斯坦填写了“没有”二字。在当时来看，这两个字全然是他真实存在的写照，然而从另一个角度来看，这两个字在他生命中有着更深的分量。

我们所在的地方并不重要。作为一个没有根的人，在这一点上，我觉得自己没有资格给出建议。我父亲的骨灰安葬于米兰，前两天，我把母亲的骨灰也安葬于此。而我自己则在不停地流浪，在每一个陌生的地方流浪。我的孩子们在瑞士，因为情势所迫，在我想要见到他们的时候，也没有办法和他们团聚。对于我这样的人来说，最理想的便是在有朋友的地方四海为家。在这件事上，我觉得自己没有权利给您提供建议[1]。

一九二〇年，当好友马克思·玻恩向他询问是否接受哥廷根大学伸出的橄榄枝时，爱因斯坦给出了以上的回复。地理位置不是他所关心的事情。从来都不是。

也许，爱因斯坦遵循的便是广义相对论的原理。在生活中，他不断地重复这样一个观点：“坐标本身不具有物理意义。时空中所有的定位系统都是相对的。”这意味着什么呢？若要在时空中确定某一事件，我们可以使用任何坐标（或者说任何

1　1929 年 1 月 27 日，爱因斯坦写给马克斯·波恩的信，当时，爱因斯坦在柏林工作。

参照系)，却不会因此改变相对论方程式的形式。换言之，没有一项坐标系是特殊的，和其他坐标系有本质的区别。这种“微分同胚的不变性”不免让人有这样任性的联想，比起时空本身来说，在时空中发生的事情才是最重要的[1]。在爱因斯坦身上，这种“不变性”又是如何被体现的呢？举一个简单却霸道的例子：在爱因斯坦看来，他头脑中发生的事情要比他自身作出的地理坐标重要的多。

菲利普·弗兰克曾讲过这样一件趣事：“我记得有一次，我们相约一同前往波茨坦天文台。我们约好在某一座桥上相见。因为并不熟悉柏林的缘故，我告诉他我可能会迟到。爱因斯坦回答道：

“‘啊！这不重要，我会在桥上等，没什么。’

“我再次坚持和他确认，这样做会浪费他的时间。他反驳我说：

“‘没关系的，我的工作在哪里做都一样！为什么在桥上就

1 1919年，爱因斯坦的故乡乌尔姆城，有一条街以爱因斯坦的名字被命名。1930年后，纳粹无法容忍一条街的名字竟然以一个犹太人的名字来命名。纳粹市长上任的第一天，便把这条街改为云杉街。等到盟军取得胜利后，这条街又改名为爱因斯坦街。1946年，爱因斯坦在一封信中提到这件事：“当我得知这个有趣的街道改名事件后，我忍不住大笑起来。我不知道人们何时给它改的名字，也不知道在何时又改了名字。但是，我知道我完全有能力控制自己在这件事情上的好奇心。我觉得一个中性词，比如‘风向标街’可能更符合德国人的政治考量，也免了以后再次改名的麻烦。”(引自霍夫曼,《爱因斯坦：创造者与叛逆者》, op. cit. p.23)。对于爱因斯坦而言，这既是一种幽默深刻的时空辨别方式，也是一种对德国人的讥讽。

不能像在家里一样好好思考呢？[1]”

这种对于空间的漠然和他的时间感绝不是全无联系。洛伦兹转换在他的心中悄然进行：爱因斯坦从未失去过耐心。

在他的《自传笔记》（1947年）中，他甚至对自身的肉体生活和精神生活做了区分：“像我这样的人，他们的核心不在于他们所做的事情或是所承受的事情，而在于他们的思考以及他们思考的方式。”他从来不会记录自己是在何地产生了何种想法。似乎这些想法和他一起在时空中穿梭，全然没有引起任何人、任何环境的注意，也没有激起任何感情和映像。世界仿佛失去了疆域。

爱因斯坦不属于任何一个国家，也不属于任何一个民族。[2]

无须怀疑的是，他尤其反感“民族身份”这个广受关注的词语。当下，人们期待这个词可以诠释一种原始的精髓，一种归于自身的、奇幻的存在。对于这位世界公民，或是宇宙公民来说，用斯蒂芬·茨维格的《昨日的世界》中的话来说，民族主义可谓是“恶臭中的恶臭”。

在没有疆域的世界里，人不属于任何国。

---

1 菲利普·弗莱克（Philippe Frank）《爱因斯坦，他的生活和他的时代》，op. cit. p.187—188。

2 三个异位词（字母顺序变化后产生的不同词）很好地概括了爱因斯坦：“没有什么是确定的”（Rien n'est établi）。也就是说，对于他而言，没有什么坚定和绝对的停靠；一方面是“不稳定的惰性”（inerte instable），这让人们想起他曾经多次变更住址，多次旅行的经历。这些经历使得他本人在空间上成为了一种不稳定的存在；另一方面是“缺席的惰性”（inertiel absent），这里指的是他自身思考的原地积累。

然而，爱因斯坦却是一个国，一个自由的国，一个不确定的国。

他很晚才学会说话，父母甚至为此倍感忧愁。九岁那年，在小学最后一年的他甚至还有表达障碍。对于长句子，他需要长时间的准备，用嘴唇静静默读，尽量推迟着表达的那一刻，才能在突然间用洪亮的声音表达出来。

在法国数学家雅克·阿达马（Jacques Hadamard）访问普林斯顿期间，爱因斯坦曾和数学家就创新数学和物理理论学背后的心理学展开讨论。阿达马认为，符号是思维必要的支撑，最常用的符号体系便是人们常说的言语。他还补充道，对于创造性的思想而言，它们会不自觉地使用其他的符号体系。比起常用的符号体系来，这种符号体系更加灵活，也更加不规范。但是正因如此，这些符号体系留给思想更自由的运动空间，而这种空间又会促成诞生不连贯的、跳跃的创造性思维。创造性思想便是来自这种长时间、无意识的积累。当阿达马合上最后一本讲义时，他收到了爱因斯坦给出的问卷回答："在我的思维活动中，文字和言语（无论以书写还是口头的形式）似乎没有任何作用。作为思想的元素精神实体是一些或多或少'清晰'的、可以再生和重复的符号或图像。对我来说，我刚刚所提到的元素是一种可见的、经常会运动的东西。""运动的元素"，也就是说动态的、可以比划的、可以听到的符号。爱因斯坦属于那些开启了非语言才智之门的艺术家或是科学家，一扇长期以来被所指和能指这种语言教条阻断的才智之门。

公式从语言特殊性的外围着手，将它程式化，并用超越普通语言的形式传递出世界的真相。爱因斯坦把物理变成了一种诗意的行为。因为诗歌总会用某一种语言的特殊形式表现出来，这样一来，诗歌便会深入语言最秘密的地方，把词语和新的图像联系起来。爱因斯坦成功地把精确严酷的科学思维和闪闪发光的直觉联系了起来。

从思想实验开始，从这种和现实世界保持一定距离的实验入手，从类似一种“别处”的地方展开思索，捕捉理论的伏线，再次进入更深的思考：如果这种理论正确的话，那么在我想象中的这种或那种情境之下，又会发生什么呢？会不会从幼年开始，爱因斯坦的身边就一直有一个声音，就像是柏拉图的“小天使”那般，在他的耳畔启发他，滋养他？

想象之国还有一个独特之处，从人群中挪开一步。发生在伯尔尼的一件趣事便是最好的例子：同事们非常好奇，爱因斯坦是如何在一九〇五年做出那样的成绩，于是相约去伯尔尼面见这位“天才”。作为回答，爱因斯坦把大家带到了一个“熊洞[1]”，当时饲养员正在给大熊发放食物。他们看到大部分的熊

1　熊洞位于老城东部，阿勒河沿岸（Aar）。1191 年，城市的建立者——伯舒托尔特公爵曾经在这里捕捉过其中一头熊。不久之后，熊洞周围建成了阿勒河沿岸公园，熊也因此获得了更为优越的生存环境。需要注意的是，在瑞士德语中，伯尔尼写作“Bär”，也是“熊”的意思。

都待在同一个角落里，等待着食物放到他们的跟前。但是时不时地，总有一两只熊会待在别的地方，挪动自己的脚掌试图去探索稍远的、稍难够到的食物。爱因斯坦知道不能和别人做一样的事情，自觉地在人群中挪开了一步，也就有了从其他角度看待事情的可能。

在想象和谦逊之间安放着他的质朴和习惯性的自谦。有一天他解释道，相对论理论的发展不是某种“天才”的贡献，和伯尔尼的氛围也没有关系，而是因为……他自己的迟钝。他向一位传记作家说：“有时候我会问自己，为什么只有我拓展了相对论。原因我想了想，大概是因为正常的成年人不会操心时间和空间的问题。正常人在很小的时候已经建立起了正常的时空观。但是我自己，我的智力发展非常慢，以至于直到成年后，我才开始思考这个问题。这样，比起孩子来说，我的思考便会更加地深入。”他还说过，如果不是站在巨人的肩膀上，自己将一事无成：“有四个人曾为我的理论奠定了坚实的基础，他们是伽利略、牛顿、麦克斯韦和洛伦兹。在科学上，某个人的成就和前辈们的成果，甚至和同时代人们的成果都密不可分[1]。”

他来自想象的国度，思想实验的国度，“挪开一步”的国度，持续地用精神滋养着、灌溉着这个国度。这便是世界之谜的答案。他写道：“这是一个人最美好、最深刻的一生。在他的周围，形成了各类宗教、艺术、科学等严肃的活动。没有这

1　引自卡尔·西利格（Carl Seelig），《阿尔伯特传》，op. cit.，p.137。

样体验的一生，对于我来说，那如果不是一个死去的人，也是一个看不见的人。”一段看起来平淡无奇的话，却深深震撼着今日的读者。我们的时代充斥着媒体的狂欢，享乐主义、消费主义不正在麻醉我们对天空的向往吗？抬起眼睛，我们还能看到哪里？我确定，爱因斯坦曾经在天上打开过我们看不见的裂缝，这种向上的动力隔断了那些低地的欲望。

最后，爱因斯坦喜欢着音乐，抑制不住地，满心满眼地喜欢着音乐。和方程一样，音乐不是词语，而是符号，是声音。它是以太，一种真实的以太，支撑他思想的波动，承载他的灵魂。有一天他对长子说：“每当才思枯竭之时，我都会躲进音乐里。在那里，一切困难都会迎刃而解。”在莫扎特的奏鸣曲里，他看到了“那么纯那么美”，看到了“宇宙内部的美”[1]。一九二九年的某天，他曾这样说：“我经常会想到音乐。音乐中有我的梦。在音乐里，我会看到我的生命。”

他的思想踩着音符的节奏，拉着相互牵扯的因果，在不寻常的空间里画出了比语言更精确的曲线。在现实和想象交错的华服上，我们看到了爱因斯坦国度里优雅的尺度。

---

1 G.S. 菲雷克（G.S.Viereck）的采访，《生活对于爱因斯坦来说意味着什么》。

致 谢

感谢我在瑞士期间博学细心的向导，多米尼克·布朗榭先生（Dominique Brancher）。

我向在布拉格大学接待我的几位学者表达衷心的感谢。感谢他们的慷慨的招待以及所有关于爱因斯坦的信息。他们是：艾米莉·德斯卡（Emilie Tesinska）、阿莱娜·索科娃（Alena Solcova，同时也是一位非常周到的导游）、吉利·朗热（Jiri Langer）以及托马斯·勒德维卡（Tomas Ledvinka）。

感谢爱因斯坦的侄孙让·飞哈德先生（Jean Ferrard），感谢他在布鲁塞尔热情的招待；感谢桑塔儿·福诺先生（Chantal Fourneau）和玛丽·克里斯提娜·希尔女士（Marie-Christine Schils），感谢他们在身体基金会（Fonds Body）的招待；感谢热情的德哈恩（Coq-sur-mer）图书馆管理员米列克·阿艾克先生（Mieke Haeck）和维尔弗里德·塞勒斯先生（Wilfried Saelens）；感谢美景酒店（hôtel Bellevue）的业主布里吉特夫人（Mme Brigitte Hochs），感谢她为我提供关于爱因斯坦在欧洲最后日子的信息。

衷心感谢让·玛丽·菲丝（Jean-Marie Fisse）女士，感谢她在写作关键时期的鼓励和支持。

感谢我的编辑，希尔维·芬卡克女士（Sylvie Fenczak），感谢她一直以来对这本书的关注和付出。